우리 신 이야기

문화원형 창작소재 활용가이드북
우리 신 이야기

초판 1쇄 발행 | 2008년 4월 30일
초판 4쇄 발행 | 2019년 2월 25일

엮은이 | 한국문화콘텐츠진흥원
글쓴이 | 서정오
펴낸이 | 조미현

표지 디자인 | ph413
본문 디자인 | 정해욱

펴낸곳 | (주)현암사
등록 | 1951년 12월 24일 · 제10-126호
주소 | 04029 서울시 마포구 동교로12안길 35
전화 | 365-5051 · 팩스 | 313-2729
전자우편 | editor@hyeonamsa.com
홈페이지 | www.hyeonamsa.com

ISBN 978-89-323-1464-8 03810

우리 신 이야기

한국문화콘텐츠진흥원 편
서정오 글

ᄒ현암사

옛사람들의 삶과 함께한
우리 토박이 신들의 이야기

신은 어떻게 탄생했을까요? 많은 사람이 말하기를 신은 본디 있었고, 그 신의 뜻으로 사람이 창조되었다고 합니다. 하지만 어떤 사람들은 사람이 먼저 있었고, 신은 사람들의 상상 속에서 만들어졌다고 말합니다. 무엇이 옳은지는 모르지만(어쩌면 둘 다 옳을 수도 있습니다), 한 가지 분명한 것은 오랜 옛날부터 신은 사람의 삶 속에 깊숙이 자리잡아 왔다는 사실입니다. 사람들은 신을 믿으며 그 권능을 두려워하고 삼가는 가운데 착실히 삶을 가꾸고 생각을 가다듬어 왔던 것입니다.

이 책에는 오랜 옛날부터 우리네 백성의 삶 속에 자리해 왔던 아흔아홉 신의 이야기가 실려 있습니다. 신들의 이야기라고는 하지만 온전한 줄거리를 갖춘 신화는 아닙니다. 그 신이 어떤 신인지, 어떤 이야기에 나오는지, 어떤 성격을 가지고 있는지, 그 모습은 어떠한지, 이런 것들을 간단하게 소개한 정도입니다. 말하자면 간추려 엮은 우리 신들의 백과사전이라고 할 만합니다.

요새 그리스·로마 신화를 비롯한 서양 신화들이 널리 알려지면서, 그 신화에 나오는 신들이 우리에게 매우 친숙한 모습으로 자리잡았습니다. 우리가 낯선 문화를 받아들여 우리 정서 안에서 소화하는 일은 귀하고도 쓸모 있는 일입니다. 하지만 그것은 우리 것을 충분히 알고 누린 다음에야 할 일입니다. 우리 것을 지키고 가꾸는 일은, 남의 것을 받아들이기에 모자람 없는 큰 그릇을 만드는 일과 같습니다. 옛날부터 우리네 백성의 삶에 뿌리내려 온 우리 토박이 신들에게 새삼 눈길이 가는 것은 바로 이 때문입니다.

여기에 소개한 아흔아홉 신은 대부분 우리 신화에 나오는 신입니다. 그러니까 신들의 뿌리는 다름 아닌 '이야기'인 셈입니다. 입에서 입으로 전한 것이든 글로 적혀 전한 것이든, 이야기라는 점에서는 같습니다. 이야기는 이야기일 뿐입니다. 따라서 사실이나 믿음과는 전혀 관계가 없습니다. 신은 여러 권능을 가진 것으로 묘사되지만, 그것을 곧이곧대로 믿을 필요는 조금도 없습니다. 여기에 나오는 신들도 다만 '이야기 속 주인공'으로 우리와 만나고 싶어할 것입니다.

이 책에는 신들을 그 성격에 따라 일곱 덩어리로 나누어 놓았습니다만, 이것이 흠집 없는 나눔법이라고는 생각하지 않습니다. 다만 읽는 이들이 찾아보기 쉽게, 비슷

6

한 특징을 가진 신들끼리 묶어 놓았을 뿐입니다. 대부분의 신은 불교나 무속에 그 뿌리를 둔 경우가 많은데, 이는 옛날 백성의 풍습에 비추어 당연한 일이라 하겠습니다. 불교나 무속 같은 종교성 또는 제의성은 소중한 유산이긴 하지만, 오늘을 사는 사람들에게 전해질 때는 때때로 걸림돌이 될 수도 있습니다. 여기서는 될 수 있는 대로 그런 성격에 매달리지 않고, 다만 자유로운 이야기의 성질을 살리려고 애썼습니다.

이 책을 쓸 때 (주)현암사에서 나온 『우리가 정말 알아야 할 우리 신화』를 바탕자료로 삼았지만, 그 밖에 한국문화콘텐츠진흥원에서 개발한 문화원형콘텐츠도 큰 도움을 주었습니다. 이들 자료가 없었던들 이 책을 쓸 엄두는 내지 못했을 것입니다. 이 자리를 빌어 자료를 개발하신 분들께 고마움을 전합니다.

이 책이 부디 옛날과 오늘날을 잇는 징검다리로서, 옛사람들의 삶과 생각을 찾아가는 작은 길로서, 오늘날 우리네 참모습을 비추어 보는 거울로서, 우리 것을 사랑하는 어린이와 그런 어린이를 사랑하는 어른들의 정다운 벗이 되었으면 좋겠습니다.

서정오

| 차례 |

신들의 세계

선관마을

창부대신

선관도사

천왕대신

극락

원천강

할락궁이

서천꽃밭

오늘이

대별왕

서천서역

바리더

약수삼천리

초강대왕

진광대왕

서천국

일직차사

시왕국

송제대왕

강림도령

전륜대왕

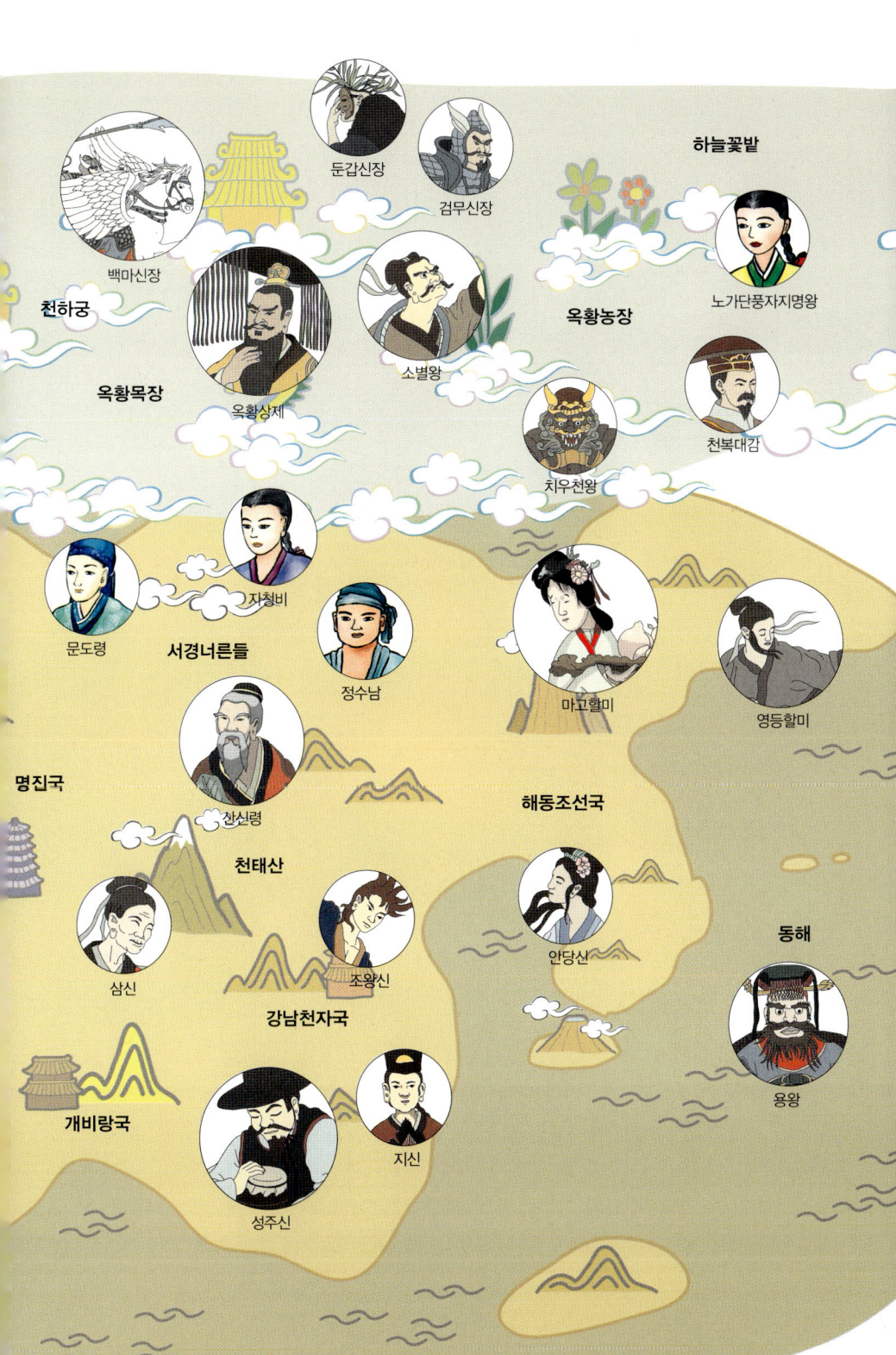

둔갑신장

검무신장

하늘꽃밭

백마신장

노가단풍자지명왕

천하궁

옥황농장

옥황상제

소별왕

옥황목장

천복대감

치우천왕

자청비

문도령

서경너른들

정수남

마고할미

영등할미

찬신령

명진국

해동조선국

천태산

삼신

조왕신

안당신

동해

강남천자국

개비랑국

성주신

지신

용왕

신화마을

산신각

마을

장승

당집

온갖 신이 사람들과 함께 살아가는 옛 마을 모습입니다. 산에는 산신령을 모시는 산신각이, 물가에는 용왕을 모시는 용신당이 있었습니다. 마을 어귀에는 서낭신이 깃든 서낭목이, 마을 가운데는 당산신의 터전인 당집이 있었지요. 마을 사람들은 이 신들이 마을을 지켜 준다고 믿었습니다. 집 안에는 성주신과 지신을 비롯한 집지킴이신들이 자리잡고 있어 또한 마음이 든든했지요. 이렇듯 옛날 사람들에게 신화는 삶의 일부였습니다.

절

서낭목

용신당

오방신장

오방신, 오방장군이라고도 하는 오방신장은 다섯 방위를 지키는 군신입니다. 동쪽을 지키는 동방청제신장, 서쪽을 지키는 서방백제신장, 남쪽을 지키는 남방홍제신장, 북쪽을 지키는 북방흑제신장, 그리고 가운데를 지키는 중앙황제신장이 있습니다. 이들은 각각 다섯 방위를 나타내는 오방색 옷을 입고 독특한 무기를 쓰는 것으로 알려져 있습니다. 옛날 사람들은 오방신장이 서로 힘을 합하여 집과 사람을 지키고 잡귀를 쫓아 준다고 믿었습니다.

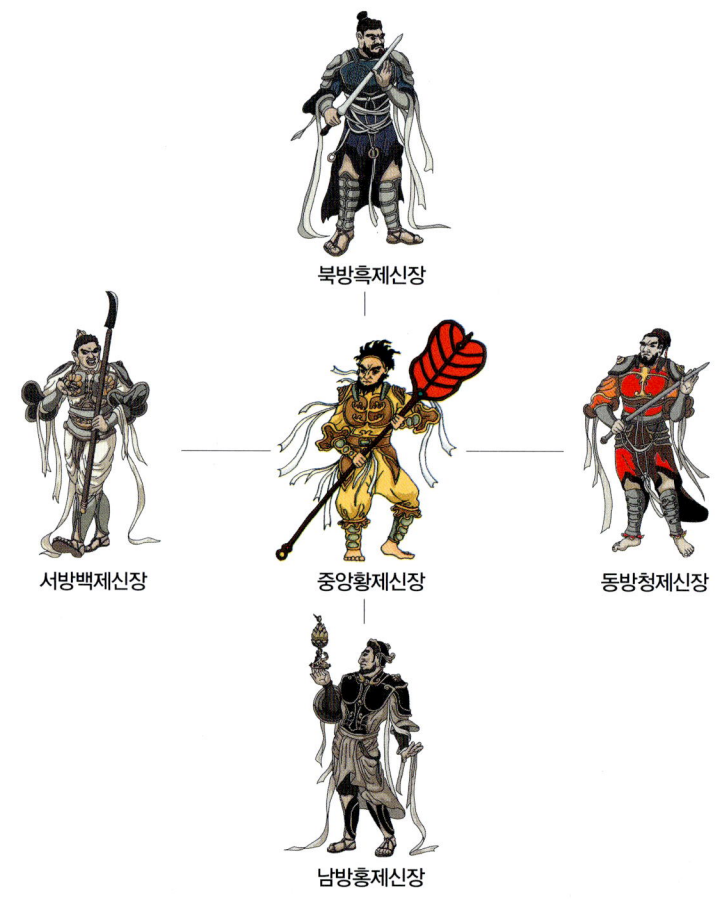

북방흑제신장

서방백제신장　　　중앙황제신장　　　동방청제신장

남방홍제신장

오방색

오방색은 다섯 방위를 나타내는 다섯 색을 가리킵니다. 노랑, 파랑, 흰색, 빨강, 검정의 다섯 색은 오랜 옛날부터 우리 겨레의 삶에 깊이 스며든 색깔입니다. 어머니들이 아이들의 색동저고리나 귀주머니를 만들 때도 오방색을 썼고, 절집의 단청을 꾸밀 때도 오방색을 썼습니다. 또 국수의 고명, 송편과 같은 음식에도 오방색이 즐겨 쓰였습니다. 오방색은 오방신장 신앙과 관계 있을 뿐 아니라, 나무·불·흙·쇠·물의 오행과도 관계 있는 것으로, 신성한 힘을 빌어 나쁜 기운을 물리친다는 믿음을 심어 주었습니다.

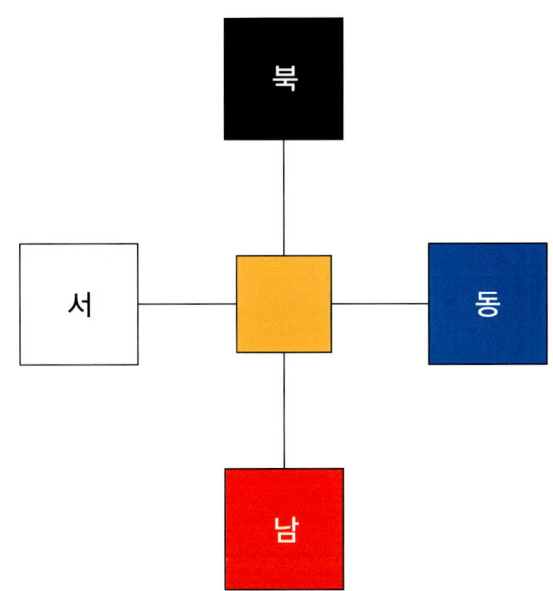

풍백

우사

운사

환인

환웅

웅녀

단군

하백

해모수

유화

주몽

소서노

비류

온조

건국신

'단군신화'나 '고주몽신화'와 같은 건국신화에 나오는 주인공들은 모두
나라를 세우는 일에 앞장선 이들입니다. 나라를 세우는 일은 거룩한 일이므로
신만이 할 수 있을 거라는 믿음이 이 신화의 탄생 배경이 됩니다. 건국신을 말할 때
가장 큰 문제가 되는 것은, 건국시조를 과연 신으로 볼 수 있느냐 하는 것입니다.
건국 영웅들은 태어날 때부터 신비한 일을 일으키며, 비범한 힘과 재주를 가지고
어려움을 헤쳐 나가므로 신성을 가졌다고 보아도 좋을 것입니다. 다만 신화는
그냥 이야기일 뿐이므로, 이것을 역사와 연관시켜 생각할 필요는 없습니다.

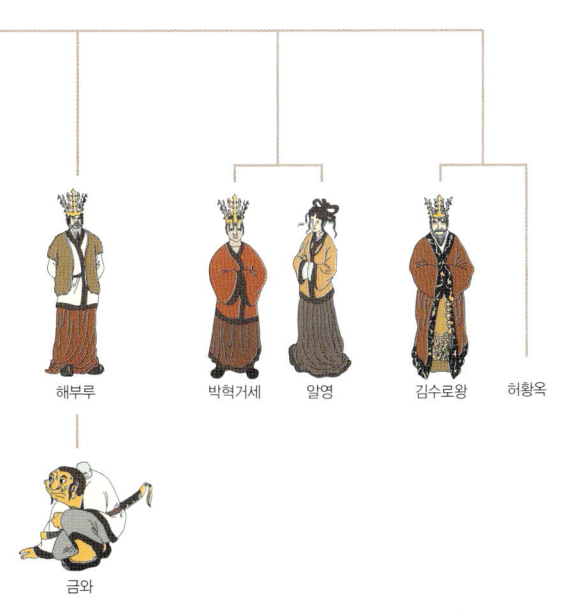

해부루   박혁거세   알영   김수로왕   허황옥

금와

환인

"나는 하늘의 신이요, 천지만물의 아버지다. 일찍이 빛으로써 세상을 밝게 하고 교화로써 인간을 가르쳤느니라. 내 뜻은 오로지 사람을 이롭게 하는 데 있을 뿐이다. 이로써 목숨 가진 모든 것이 번성하리라."

환인은 곧 하느님입니다. 오래고 오랜 옛날 하늘 높은 곳에서 스스로 태어난 신으로서, 밝은 빛으로 세상을 비추고 만물에게 생명을 주었습니다. 환인의 능력은 끝이 없습니다. 『환단고기』「삼성기」에 따르면 모습 없이도 볼 수 있었고, 하지 않으면서도 다 이루었고, 말하지 않고도 모두 행하였다고 하니 그 경지는 사람이 상상할 수도 없는 것입니다.

　맨 처음 땅에 사람이 생겨나 무리를 이루어 살 때, 불을 쓸 줄 모르는 까닭에 음식을 익혀 먹지 못했고 어둠을 밝힐 줄도 몰랐습니다. 이를 안타깝게 여긴 환인이 돌을 쳐 불을 일으키는 방법을 가르쳐 주었습니다. 그때부터 사람들은 불을 쓸 수 있게 되었습니다.

　그때 환인이 사람들에게 가르친 것은 두 가지였습니다. 하나는 군대를 일으켜 서로 싸우지 말라는 것이었고, 다른 하나는 힘써 일하여 굶주림과 추위를 면하라는 것이었지요. 그런데 얼마 안 가 사람들은 그 가르침을 어기고 서로 싸우기 시작했습니다. 환인이 불 쓰는 법을 가르친 것은 그로써 음식을 익혀 먹고 어둠을 밝히며 몸을 따뜻이 하라는 뜻이었는데, 사람들은 그 가르침을 따르지 않고 불로 쇠를 녹여 무기를 만들었습니다. 그 무기를 들고 서로를 공격함으로써 이 땅에 전쟁의 역사가 시작된 것입니다.

　환인의 뜻은 오로지 하나였습니다. 그것은 곧 '널리 사람을 이롭게 한다' 는 것이었지요. 세상 만물 중에서 가장 슬기로운 사람을 이롭게 하면, 다른 모든 것은 저절로 번성하리라는 것이 환인의 믿음이었습니다. 그 믿음이 이루어졌는지는 생각하기에 따라 다를 것 같습니다.

　어느 날 환인은 땅을 굽어보다가 삼위태백이라는 곳이 좋아 보여, 그 아들 환웅으로 하여금 그곳에 내려가 사람들을 다스리게 합니다. 환웅이 그 말대로 땅에 내려가 살다가 단군을 낳으니, 단군은 곧 환인의 손자이지요. 그가 세운 나라가 곧 고조선입니다.

환웅

"나는 아버지 환인의 명을 받아 널리 사람을 이롭게 하러 인간세상에 내려왔노라. 사람들을 다스리는 일은 참으로 쉽지 않은 일이다. 맡아서 해야 할 일이 무려 삼백예순 가지나 되는데, 한 가지도 소홀함이 없어야 하니 어찌 쉽다 하겠는가?"

환웅은 하느님인 환인의 아들입니다. 하늘에 살면서도 늘 땅에 내려가 사람들과 어울리고 싶어했지요. 환인이 그 마음을 눈치채고, 땅 중에서 가장 살기 좋은 삼위태백에 환웅을 내려보내 사람들을 다스리게 하였습니다. 환웅은 아버지로부터 하늘나라 증표인 천부인 세 개를 받아 인간세상에 내려갔습니다. 이때 바람·구름·비를 다스리는 신들인 풍백·운사·우사와 함께 무리 삼천을 이끌고 백두산 꼭대기 신단수 아래에 내려가 자리를 잡았습니다.

환웅은 곧 그곳을 신시라 이름짓고 사람들을 다스리기 시작했습니다. 아버지 환인의 뜻을 따라 널리 사람을 이롭게 하기 위해 세상 일들을 알아 보니 무려 삼백예순 가지나 되었습니다. 농사를 지어 곡식을 거두는 일, 수명에 관한 일, 병을 다스리는 일, 법과 형벌을 정하는 일, 착함을 권하는 일, 나쁜 짓을 경계하는 일……. 이 삼백예순 가지 일을 환웅은 하나하나 살펴서 다스렸습니다.

하루는 곰과 호랑이가 환웅을 찾아와 사람이 되게 해 달라고 빌었습니다. 환웅은 그들에게 신령스러운 쑥 한 줌과 마늘 20쪽을 주면서 말했습니다. "이것을 먹고 백 날 동안 햇빛을 보지 않으면 소원을 이루리라." 곧 두 짐승이 쑥과 마늘을 가지고 동굴 속에 들어가 근신했지요. 호랑이는 도중에 참지 못하고 뛰쳐나와서 소원을 못 이루었고, 곰은 끝까지 견뎌 사람이 되었습니다. 여자가 된 곰 웅녀는 신단수 아래에서 아이를 가지게 해 달라고 빌었습니다. 그 결과 환웅과 혼인하여 아들을 낳았는데 바로 단군왕검입니다.

환웅이 곰과 호랑이로 하여금 쑥과 마늘만 먹으면서 햇빛을 보지 말라고 한 것은, 사람으로서 지켜야 할 도리와 금기를 가르치고자 한 것이었습니다. 사람이라면 마땅히 삼가야 할 것이 있고 지켜야 할 범절이 있는데, 이것이 곧 사람과 짐승을 가르는 잣대가 아닐까요.

풍백

"나는 바람의 신, 크고 작은 바람은 다 내 손에서 나오느니라. 바람으로써 사람을 이롭게도 하고 해롭게도 할 수 있으니, 사람의 힘이 어찌 자연에 미치랴."

풍백은 바람을 다스리는 신으로서, 환웅이 인간세상에 내려올 때 그를 도와 함께 내려온 세 신 중 하나입니다. 바람은 구름을 만들고 비를 내리는 일과 관계 있으므로, 풍백은 언제나 운사·우사와 함께 일하는 것으로 여겨집니다. 이들은 모두 농사에 큰 영향을 주는 신들이지요.

풍백과 같이 바람을 다스리는 신을 일컫는 이름은 여러 가지가 있습니다. 풍사·기백·비렴·방천군 같은 것이 있는데, 이들이 곧 풍백인지 아니면 바람을 일으키는 또 다른 신인지는 확실하지 않습니다. 그 중 비렴의 모습은 무척 괴이합니다. 몸은 사슴과 같고 머리는 참새와 같으며, 이마에는 뿔이 있고 꼬리는 뱀 꼬리를 닮았다고 하니 그 모습을 상상하기 어렵습니다.

22

그런가 하면 풍백의 모습을 달리 상상한 예도 있습니다. 즉 여느 때는 부채를 든 인자한 노인의 모습을 하고 있다가 바람을 다스릴 때는 새의 모습으로 바뀐다는 것이지요. 새가 마음대로 하늘을 날며 바람을 일으킨다는 점에서 그럴 듯한 상상이라고 하겠습니다. 어느 쪽으로든 풍백의 모습이 새와 관계 있다는 점만은 틀림없는 것 같습니다.

어떤 이는 풍백이라는 이름에서 '백'을 신에게 베푼 벼슬 이름으로 보기도 합니다. 주몽신화에 나오는 하백이 물을 다스리는 신이니 과연 그럴 듯한 풀이입니다. 그렇다면 풍백의 '백'은 운사·우사의 '사'보다 높은 벼슬인가 봅니다. 바람이 구름을 만들고, 구름이 비를 일으켜서 그런 걸까요?

풍백이 일으키는 바람에는 사람에게 이로운 것도 있지만, 불편을 주고 해를 끼치는 것도 있습니다. 가뭄에 비를 부르는 바람이나 더위를 씻어 주는 바람은 이롭지만, 장마철의 비바람과 사나운 태풍은 두렵기 짝이 없는 것이지요. 그래서 옛날 사람들은 풍백에게 제사를 올려 바람을 잘 다스려 줄 것을 빌었습니다.

운사

"무릇 구름을 부리는 것은 하늘에서 일어나는 갖가지 조화의 근본이니라. 구름이 있고서야 비가 내리고, 구름의 조화로 천둥번개도 치는 것이다. 하늘에 가득 차서 어둠을 내리고, 스스로 걷히어 밝은 빛을 비추니 이 또한 구름의 조화가 아니냐."

운사는 풍백·우사와 함께 환웅이 인간세상에 내려올 때 함께 따라온 신입니다. 운사는 구름을 다스립니다. 구름은 바람에 따라 움직이고, 또한 비를 내리기 때문에 운사는 풍백과 우사를 떼어 놓고 생각할 수 없습니다. 구름과 비바람이 모두 농사에 영향을 준다는 점에서도 그렇지요.

운사가 '형을 행했다'고 한 기록이 남아 있는 것으로 보아, 운사는 환웅이 신시에서 사람들을 다스릴 때 재판하는 일도 맡아보았던 것 같습니다. 구름을 다스릴 뿐 아니라, 사람들의 잘잘못을 가려 상과 벌을 주는 일도 했다는 것이지요. 그와 함께 풍백이 법을 만들고 우사가 백성들의 살림을 살폈다고 하니, 세 신은 각각 다른 일을 맡은 벼슬아치이기도 했나 봅니다.

운사처럼 구름을 다스리는 신으로 풍륭과 운중군이라는 신도 있습니다. 이들이 운사의 다른 이름인지, 아니면 운사와는 전혀 다른 신인지는 알 수 없습니다. 다만 구름을 다스렸다는 점에서는 같고, 모두 옛날 사람들이 날씨를 좋게 해 달라고 빌던 대상이었습니다.

운사는 구름을 다스리는 신이지만, 때때로 비바람과 벼락을 주관하는 신으로 알려지기도 했습니다. 옛날 사람들이 하늘에서 일어나는 온갖 조화, 이를테면 바람과 비와 눈과 천둥번개 같은 것을 따로따로 떼어서 보지 않고 뭉뚱그려 같은 것으로 보았기 때문입니다. 이 점에서는 풍백과 운사도 같습니다. 다시 말하면 옛날 사람들이 농사가 잘 되게 해 날라고 하늘에 빌 때, 운사와 풍백·우사에게 따로 따로 빌었던 것이 아니라 이들 모두를 함께 모셔 놓고 한꺼번에 빌었다는 것입니다.

옛날 사람들은 구름의 모양을 보고 날씨와 행운을 점치기도 했는데, 이 또한 운사를 믿는 풍습에서 비롯한 것입니다.

우사

"비를 내리는 것은 내 소관이라, 농사의 잘되고 못됨이 다 내 손에 달려 있다. 비를 알맞게 내려 널리 사람을 이롭게 하는 것이 내가 바라는 바이지만, 사람의 악행이 도를 넘을 때는 하늘의 재앙을 내려 크게 깨우치는 것 또한 내 소임이니라."

우사는 비를 다스리는 신으로, 환웅이 인간세상에 내려올 때 풍백·운사와 함께 따라오는 바 되었습니다. 우사는 새털 같은 수염이 난 키 큰 노인의 모습으로 그려집니다. 보통 왼손에 용이 든 항아리를 들고 오른손으로 물을 뿌리는 모습으로 나타나지만, 때때로 비를 내릴 때는 큰 나뭇잎을 쓰기도 합니다. 우사는 비를 내리는 권능 때문에 흔히 용의 다른 모습이라고 믿기도 합니다.

옛날 서해용왕 아들이 재주를 뽐내며 장난하기

를 즐겼습니다. 하지만 속마음은 의롭고 남을 돕기 좋아하는 성미였지요. 한 해는 인간세상에 가뭄이 들어 논밭의 곡식은 까맣게 타 들어가고 사람들은 마실 물이 없어서 고통을 겪고 있었습니다. 이때 한 스님이 서해용왕 아들에게 부탁을 했습니다. "불쌍한 사람들을 위해서 부디 비를 내려 주십시오." 본디 비를 내리고 멈추는 일은 옥황상제의 명을 받아 용왕만이 할 수 있었지만, 서해용왕 아들은 그 말을 듣고 차마 거절할 수가 없어서 아버지 몰래 주문을 외어 인간세상에 비를 흠뻑 내려 주었습니다. 서해용왕 아들은 그 일로 옥황상제의 노여움을 사 귀양을 갔지만, 나중에는 우사가 되어 비를 다스리게 되었습니다.

우사는 가끔 사람이 나쁜 일을 많이 하면 큰비를 내려 죄를 다스리기도 했습니다. 옛날에 어떤 부자가 몹시 심술궂어서 시주를 청하는 스님의 바랑에 개똥을 집어넣고 내쫓았는데, 그것을 본 우사가 그 마을에 큰비를 내렸습니다. 그러나 그 집 며느리는 마음씨가 착했으므로 미리 알려 높은 곳으로 몸을 피하게 하였는데, 며느리는 뒤돌아보지 말라는 금기를 어겨 그 자리에서 돌이 되고 말았다는 이야기가 있습니다. 이래저래 비는 사람에게 귀한 선물도 되고 무서운 벌도 되나 봅니다.

단군

"나는 환인의 손자요, 환웅의 아들이다. 내 어머니 웅녀의 용기와 참을성을 이어받아, 아버지 환웅이 못다 한 일을 이루려고 내가 태어났노라. 이로써 고조선을 세우니, 나라는 천 년 만 년 이어질 것이요 백성들은 오래오래 평화를 누리리라."

단군은 고조선을 세운 시조입니다. 일찍이 환웅이 백두산 아래 신시를 베풀고 사람들을 다스릴 때, 곰이 변하여 사람이 된 웅녀가 환웅과 결혼하여 낳은 아들이 바로 단군이지요. 단군은 이름을 왕검이라고 했는데, 이것이 그냥 이름인지 거룩한 사람을 뜻하는 말인지는 확실하지 않습니다.

단군은 평양성에 도읍을 정하고 나라 이름을 고조선이라 일컬었습니다. 이로써 우리가 사는 땅에 처음으로 나라가 세워졌습니다. 단군은 아버지 환웅의 뜻을 이어받아 나라를 세움으로써 널리 사람을 이롭게 하고자 하였습니다. 널리 사람을 이롭게 한다는 것은 나라가 곧 백성의 것이라는 뜻입니다. 백성을 이롭게 해야 나라라고 할 수 있지, 백성이 싫어하고서야 나라라고 할 수 없다는 것이지요. 단군의 이 가르침이 그 뒤 많은 임금과 벼슬아치들에 의해 잘 실천되었을까요?

단군은 그 뒤 도읍을 아사달로 옮겼습니다. 아사달은 황해도 구월산 근처라고 알려졌는데, 다른 말로 궁흘산·금미달이라고도 했습니다. 단군은 아사달에서 무려 천오백 년 동안 나라를 다스리다가, 나중에 장당경이라는 곳으로 옮겨갔으나 다시 아사달로 돌아와 신선이 되었습니다. 『삼국유사』에는 단군의 나이를 천구백여덟 살이라 적어 놓았습니다.

환웅이 인간세상에 내려올 때 하늘나라 증표로 천부인 세 개를 가지고 왔는데, 이것은 물론 그 뒤 단군이 물려받았을 것입니다. 천부인 세 개는 다름 아닌 칼·거울·방울을 가리키는데, 이는 모두 무당이 쓰는 물건입니다. 단군은 농사짓는 백성들을 위하여 종종 하늘에 제사를 올려야 했을 것이니, 무당의 구실을 했다 해도 그리 놀랄 일은 아닙니다. 단군이라는 말이 무당을 가리키는 당골과 닮은 점도 그럴 듯합니다.

웅녀

"나는 환웅의 아내요 단군의 어머니다. 내 일찍이 쑥과 마늘만 먹으며 햇빛을 보지 않은 지 세 이레 만에 하늘의 은혜를 입어 사람의 몸으로 거듭났으니, 나는 곧 짐승이요 신이요 사람이다. 그러니 신을 우러르며 다른 사람이나 짐승을 낮춰본다면 그 얼마나 어리석은 일이겠느냐?"

웅녀는 본디 곰이었습니다. 어느 날 호랑이와 함께 환웅을 찾아가 사람이 되게 해 달라고 빌자, 환웅은 쑥과 마늘을 주면서 일렀습니다. "이것을 먹고 백 날 동안 햇빛을 보지 않으면 소원을 이루리라." 캄캄한 어둠 속에서 쑥과 마늘만 먹고 지낸다는 것은 정말 견디기 어려운 일이었지요. 하지만 웅녀는 그 어려운 일을 거뜬히 해냈습니다. 그리고 드디어 사람이 되었습니다. 용기와 끈기 없이는 이룰 수 없는 일이었습니다.

어떤 이는 웅녀의 본모습이 곰을 숭배하는 마을의 처녀라고 주장하기도 합니다. 같은 뜻으로, 호랑이는 호랑이를 숭배하는 마을의 처녀라는 것이지요. 이 두 처녀가 하늘을 숭배하는 씨족의 우두머리(환웅)와 결혼하기 위해 겨루다가, 끝내 곰 마을 처녀가 이겨서 환웅의 아내가 되었다는 풀이입니다.

또 어떤 이는 웅녀를 땅의 신으로 보기도 합니다. 하늘의 신 환웅이 땅의 신 웅녀와 혼인하여 단군을 낳는다는 풀이입니다. 이런 풀이는 다 그럴 듯하지만, 어느 것이 옳다 그르다고 섣불리 판단할 것은 못 됩니다. 신화는 해석하려 들 것이 아니라, 이야기 그대로 받아들이는 것이 가장 좋습니다.

웅녀가 사람이 되기까지는 많은 고통을 견뎠습니다. 이것은 곧 사람으로서 반드시 지켜야 할 것과 삼가야 할 것이 있다는 뜻입니다. 웅녀는 '지킬 것'과 '삼갈 것'을 잘 가려서 끈기 있게 실천했기 때문에 사람이 될 수 있었습니다. 오늘날, 처음부터 아무런 노력 없이 사람으로 태어난 우리들은 이 대목을 귀담아 들어야 할 것입니다. 더구나 같은 사람끼리 약하다고 해서 얕보거나, 말 못하는 짐승이라고 해서 마구 해치는 이들은 웅녀 앞에서 부끄러워해야 할 것입니다.

해모수

"나는 본디 하늘나라 왕자로서, 일찍이 아름다운 곳에 내려와 나라를 세웠으니 곧 북부여다. 내 이름 '해모수'는 곧 해 모습을 닮았다는 뜻이니, 이로써 사람들은 나를 태양신이라 부른다. 내 힘으로 말하자면 하지 못할 일이 없고, 내 재주로 말하자면 변하지 못하는 모습이 없으니, 세상에 어느 누가 감히 나를 당하랴?"

해모수는 북부여를 세운 시조로서, 하늘에서 내려왔다고 전해집니다. 압록강 북쪽 송화강 근처 흘승골성에 내려왔는데, 이때 모습은 옛 책에 잘 나타나 있습니다. 해모수는 용 다섯 마리가 끄는 수레를 타고, 따르는 무리는 모두 흰 고니를 타고 내려왔습니다. 이때 오색구름이 수레를 에워싸고, 구름 속에서는 맑은 음악소리가 울려 나왔습니다. 해모수는 머리에 까마귀 깃털로 만든 관을 쓰고 허리에는 번쩍이는 칼을 차고 있었으며, 웅심산 아래에서 열흘을 머물다가 비로소 땅으로 내려왔습니다. 그 뒤에도 낮에는 땅에 머물며 나라를 다스리고, 밤이 되면 하늘로 올라갔다가 이튿날 아침에 다시 내려오곤 하였습니다. 그래서 사람들이 모두 하늘 왕자라 불렀습니다.

해모수는 자신이 내려온 곳에 도읍을 정하고 스스로 왕이 되었습니다. 처음에는 나라 이름을 부여라 했는데, 훗날 사람들이 동쪽에서 일어난 부여와 구별하기 위해 북부여라고 했습니다. 북부여는 오랫동안 홀로 번성하다가 나중에 고구려와 합쳐졌습니다.

하루는 해모수가 물가에 놀러 나갔다가 유화라는 처녀를 만나 웅심산 근처에 있는 자신의 궁궐에 데려갔습니다. 이 소식을 들은 유화의 아버지 하백은 해모수를 꾸짖고, 사죄하러 온 해모수와 대결을 벌였습니다. 하백은 강을 지키는 신으로 힘과 술수가 뛰어났지만 해모수를 당할 수는 없었습니다. 하백이 잉어로 변하면 해모수는 수달이 되고, 사슴으로 변하면 승냥이가 되고, 꿩이 되면 매로 변하여 잡으니, 마침내 하백은 해모수가 하늘나라 왕자임을 알고 사위로 삼았습니다. 하지만 그 뒤 하백이 해모수를 가죽수레에 가두는 바람에 해모수는 화가 나서 유화를 버리고 홀로 하늘로 올라가 버렸습니다.

해부루

"나는 하늘의 기운을 받아 태어난 영웅이다. 사람들은 해모수만큼 나를 기억해 주지 않지만, 그것은 다만 내 스스로 나를 드러내지 않은 까닭이다. 하늘의 뜻을 따르고, 하늘이 내린 것을 거두는 일은 마땅히 영웅이 할 도리인 것을…"

해부루는 동부여의 시조입니다.

해부루의 탄생에는 이런 이야기가 얽혀 있습니다. 옛날 북쪽 고리국의 왕이 사냥을 하기 위해 궁궐을 떠났습니다. 며칠 뒤에 돌아와 보니 그새 후궁 중 한 명이 아기를 배고 있었습니다. 사연을 물으니, 하늘에서 크기가 달걀만한 둥근 빛이 내려와 품에 들더니 곧 아기를 배었다는 것이었습니다. 달이 차서 사내아이를 낳았는데, 문 밖에 버렸더니 뭇 짐승이 품어 주어 죽지 않았습니다. 왕이 신기하게 여겨 아들로 삼고, 이름을 해부루라 하였습니다.

해부루는 왕의 뒤를 이어 고리국을 다스리다가, 나중에 동쪽으로 옮겨가 동부여를 세웠습니다. 해부루에게는 아란불이라는 신하가 있었는데 무척 어질고 슬기로웠습니다. 하루는 아란불이 밤에 꿈을 꾸었는데, 하늘나라 임금님이 나타나서 말을 하였습니다. "너는 당장 너의 왕에게 일러 이곳을 떠나도록 하여라. 이곳은 장차 내 자손이 나라를 세울 땅이니라. 너희는 동해 바닷가 가섭원이라는 곳으로 가면 좋을 것이다. 그곳은 땅이 기름져 곡식이 잘 자라니 마땅히 새로 나라를 세울 만하다."

꿈을 깬 아란불은 해부루에게 꿈 이야기를 했습니다. 해부루는 그것이 하늘의 뜻이라 믿고, 곧 동쪽으로 옮겨가 가섭원에 도읍을 정했습니다. 그리고 나라 이름을 동부여라 했습니다. 해부루가 신하의 꿈 이야기를 듣고 도읍을 옮긴 것은 경솔한 일이었을까요, 아니면 하늘의 뜻을 따른 현명한 일이었을까요? 그것은 하늘만이 알 것입니다.

해부루는 늙도록 자식이 없었습니다. 그래서 왕후와 함께 좋은 곳을 찾아다니며 자식을 갖게 해 달라고 늘 신에게 빌었습니다. 하루는 해부루가 곤연이라는 연못가 바위 옆에 이르니, 말이 갑자기 멈춰서서 눈물을 흘리며 울었습니다. 이상해서 바위를 들춰 보았더니 그 안에 아기가 있었습니다. 해부루는 그 아기를 데려다 아들로 삼았는데, 그가 곧 금와입니다.

금와

"나는 동부여의 두 번째 왕 금와이니라. 내 아버지 해부루가 하늘에 빌어 얻은 자식이 곧 나다. 나는 비록 해부루의 아들이지만, 하늘이 내린 인물이며 곧 신의 자손이다. 사람들이 나를 가리켜 비정한 왕이라 하나, 그것은 잘못 알고 하는 소리다. 유화와 주몽은 내 보살핌이 없었던들 어찌 살 수 있었겠는가?"

금와는 동부여의 시조 해부루의 아들이자, 그 뒤를 이어 동부여를 다스린 왕입니다. 일찍이 해부루가 자식을 얻지 못해 왕후와 더불어 경치 좋은 곳을 찾아다니며 신에게 빌 때, 곤연의 바위 옆에서 말이 눈물을 흘리는 보고 바위 밑에서 아기를 얻었는데 그가 곧 금와입니다. 금와라는 이름은 '금빛 나는 개구리' 라는 뜻입니다. 바위 밑에서 처음 발견될 때 개구리 모양을 하고 있었고, 또 몸에서 금빛이 났기 때문에 이런 이름을 얻었지요. 금와는 자라면서 해부루의 사랑을 독차지했고, 곧 태자가 되어 왕의 뒤를 이었습니다.

36

금와는 나라를 잘 다스려 온 백성이 편안하고 근심이 없었습니다. 하루는 신하가 와서 금와에게 아뢰었습니다. "요새 어떤 못된 짐승이 강물 속에 숨어서 물고기를 훔쳐 가는 바람에 어부들이 굶고 있습니다." 금와는 곧 신하들과 함께 강으로 나가 쇠그물로 강물 속에 숨은 것을 잡아냈습니다. 마침내 한 여자가 걸려 나왔는데, 입술이 너무나 길어서 말을 하지 못했습니다. 세 차례나 입술을 잘라내고서야 비로소 말을 했는데, 그는 바로 하백의 딸이요 해모수의 아내인 유화였습니다. 금와는 유화를 자기 궁궐로 데려와 살게 하였습니다.

금와는 해부루와 함께 동부여를 세우고 일으킨 왕이자, 하늘의 뜻으로 인간세상에 내려온 신입니다. 게다가 쫓겨난 유화를 거두어 주고 그 아들 주몽을 보살펴 고구려를 세우는 데 도움을 주었습니다. 그런데 나중에 동부여는 고구려 때문에 망하고 맙니다. 즉 주몽의 뒤를 이은 고구려의 대무신왕이 금와의 뒤를 이은 동부여의 대소왕을 공격하여 멸망시킨 것이지요. 나라끼리의 싸움에는 은인도 원수도 없는 걸까요?

유화

"나는 여자로 태어난 죄로 남편에게 버림받고 아버지에게 쫓겨난 바 되었으나, 이는 전혀 내 잘못이 아니다. 그 뒤에 비록 금와에게 의지하여 지냈으나 아들을 키우기 위함이었고, 결국 내 정성과 슬기로 주몽을 훌륭히 키워 한 나라의 시조가 되게 하였다. 이 공을 잊지 말아야 할 것이다."

유화는 물의 신 하백의 딸이자 해모수의 아내이며 주몽의 어머니로서, 고구려 건국신화에서 중요한 인물입니다.

하백에게는 세 딸이 있었는데, 그중 맏이가 유화였습니다. 하루는 유화가 동생 훤화, 위화를 데리고 웅심연으로 놀러갔다가 해모수를 만났습니다. 해모수는 유화를 보자마자 아름다움에 반해서 자신의 궁궐에 데려갔습니다.

그 소식을 들은 하백이 크게 노하여 해모수에게 사자를 보내 꾸짖었습니다. "네가 진정 하늘의 왕자라면 마땅히 예를 갖추어 청혼해야 할 것인데, 어찌 내 딸에게 무례한 짓을 하느냐?" 해모수는 그 말을 듣고 부끄러워하며 하백의 궁에 가서 사죄하려고 했지만, 물 속이라 들어갈 수가 없었습니다. 결국 유화의 도움으로 용 다섯 마리가 끄는 수레를 타고 하백의 성으로 간 해모수는 하백과 둔갑하기 대결을 벌인 끝에 드디어 사위로 인정을 받습니다. 하지만 하백은 해모수가 몰래 혼자 가버릴까 염려하여 술에 취해 잠든 해모수를 딸과 함께 가죽수레에 가두었습니다. 잠에서 깨어난 해모수는 화가 나서 유화의 금비녀로 수레를 뚫고 나가 혼자서 하늘로 가버렸습니다.

하백은 뒤늦게 해모수가 도망간 것을 알고 유화를 꾸짖었습니다. "너는 아버지 허락도 없이 남자를 따라갔으니 죄가 크다." 드디어 딸의 입을 잡아 늘인 다음 우발수라는 강으로 귀양보냈습니다. 유화는 귀양살이를 하던 중 동부여 왕 금와에게 발견되어 그의 궁궐로 따라갑니다. 거기서 주몽을 낳아 키우게 되지요.

유화는 해모수를 여러 차례 도와주었지만, 그 보답을 받기는커 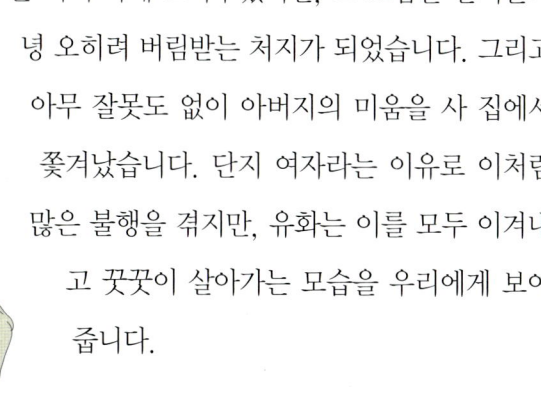 녕 오히려 버림받는 처지가 되었습니다. 그리고 아무 잘못도 없이 아버지의 미움을 사 집에서 쫓겨났습니다. 단지 여자라는 이유로 이처럼 많은 불행을 겪지만, 유화는 이를 모두 이겨내고 꿋꿋이 살아가는 모습을 우리에게 보여 줍니다.

주몽

"나는 고구려의 시조 주몽이다. 내 활 솜씨는 그 누구도 따라 올 수 없을 것이다. 십 리 밖에 개미 한 마리를 두어라. 내 능 히 화살로 그 뒷다리를 맞추리라. 백 리 밖에 촛불을 켜 두어 라. 내 능히 화살로 그 불을 꺼뜨리리라."

고구려를 세운 주몽은 신통한 명궁이었습니다. 금와왕의 왕자들 과 사냥을 갔을 때, 혼자서 화살 한 대로 잡은 짐승이 다른 일곱 왕자가 잡은 짐승을 합한 것보다 더 많았다 하니 그 솜씨가 어느 정도인지 알 만합니다.

우발수에서 귀양살이하던 유화가 금와를 만나 그의 궁궐에 간 뒤, 곧 닷 되들이 알 하나를 낳았습니다. 금와가 괴이하게 여겨 알을 짐승에게 던져 줬으나, 짐승들이 모두 피해 다녔습니다. 유 화가 알을 천으로 싸서 따뜻한 곳에 두었더니, 얼마 뒤에 한 아이 가 껍데기를 깨고 나왔습니다. 아이는 자랄수록 재주가 뛰어났는 데, 특히 활 쏘는 재주는 따라올 사람이 없었습니다. 그 나라 풍

40

속에 활 잘 쏘는 이를 가리켜 주몽
이라 하였는데, 이 아이가 바로
그 이름을 얻게 되었습니다.

금와에게는 일곱 왕자가 있었는
데, 재주가 언제나 주몽에 미치지 못
했습니다. 일곱 왕자는 이를 시샘하
여 언제든지 주몽을 해칠 궁리만 하
였습니다. 주몽은 이를 눈치채고, 금와의
마구간지기 노릇을 하면서 몰래 좋은 말을 마련해 두었습니다.

주몽이 스물한 살 때, 대소를 비롯한 일곱 왕자가 기어이 주몽
을 죽이려 했습니다. 어머니 유화가 이를 눈치채고 주몽에게 일
러 멀리 도망가도록 했습니다. 주몽은 날랜 말을 타고 평소 자기
를 따르던 오이·마리·협부와 함께 성을 빠져나갔지만, 얼마 못
가 큰 강에 이르러 길이 막혔습니다. 주몽이 하늘에 빌자 물고기
와 자라가 떠올라 다리를 만들어 주었고, 그 덕분에 일행은 무사
히 강을 건널 수 있었습니다. 그 뒤 주몽은 졸본 땅에 이르러 나
라를 세우고 스스로 왕이 되었습니다. 이때 세운 나라가 곧 고구
려입니다.

주몽은 어머니 유화가 햇빛을 받아 밴 알에서 태어났습니다.
햇빛은 곧 하늘의 빛이요, 알에서 태어났음은 곧 신성한 탄생
을 뜻합니다. 이로써 주몽은 건국시조로서 그 자격을 갖춘 것
입니다.

비류

"내 비록 새 나라 도읍지를 잘못 잡아 백성들의 마음을 잃었
지만, 애당초 계루부 토박이는 내가 아니더냐. 새아버지 주몽
이 내 나라를 차지하지만 않았어도 내가 쫓기듯 남쪽으로 내
려가 새 나라를 세우지는 않았을 것이다. 허무하도다, 나라든
사람이든 약한 쪽은 언제나 당하기만 해야 하는가?"

비류는 비류백제를 세운 시조입니다. 계루부 우두머리인 연타
발의 딸 소서노와 북부여의 왕자 우태 사이에서 태어난 두
아들 중 맏이지요.
주몽이 대소 일행에게 쫓겨 졸본 땅에 이르니, 이미 근처
에는 부족장 연타발이 이끄는 계루부가 자리잡고 있었습니
다. 이때 연타발의 딸 소서노는 북부여의 왕자 우태에게
시집가서 아들 둘을 낳았는데, 남편이 일찍 죽어 두 아
들을 데리고 친정에 돌아와 있었습니다. 주몽이 새 나
라를 일으키는 데 힘쓰는 것을 보고, 소서노는 온 재산을

털어 그를 도왔습니다. 그 인연으로 두 사람은 혼인하게 되었고, 자연히 소서노의 두 아들도 한 식구가 되었습니다. 큰아들은 비류이고 작은아들은 온조이니, 말하자면 이 둘은 주몽의 의붓아들이 되는 셈이지요.

비류와 온조는 은근히 새아버지 주몽의 뒤를 이어 고구려를 다스릴 꿈을 꾸고 있었지만, 동부여에서 주몽의 친아들 유리가 찾아와 태자가 되자 그 꿈을 접어야 했습니다. 형제는 곧 고구려를 떠나기로 하고, 신하 열 사람과 많은 백성을 데리고 남쪽으로 길을 떠났습니다.

한산 부아악이라는 곳에 이른 형제는 살 만한 땅을 고르기 시작했습니다. 비류는 바닷가에 도읍을 정했으면 좋겠다 생각하고, 아우 온조와 헤어져 서해로 향했습니다. 그리고 미추홀에 이르러 새 나라를 세웠습니다. 그러나 미추홀은 생각보다 좋은 땅이 아니었습니다. 질척거리는 데다가 소금기가 많아서 편히 살 만한 곳이 아니었지요. 결국 비류가 쓸쓸히 세상을 떠난 뒤, 백성들은 모두 온조의 나라로 가 그곳 백성이 되었습니다. 이로써 비류가 세운 나라는 역사 속에서 사라져 버렸습니다. 실패로 이어진 비류의 한평생은 약한 자의 서러움을 말해 주는 듯합니다.

온조

"내가 세운 나라는 땅이 기름지고 산천이 아름다워 많은 백성이 살 만한 곳이다. 비류 형이 도읍지를 잘못 고른 탓에 그 백성들이 다 내게 오니, 형에게는 안타까운 일이지만 나라에는 경사라 할 것이다. 이로써 나라 이름을 십제에서 백제로 고쳐 부르노라."

온조는 백제의 시조입니다. 비류의 아우요, 우태와 소서노 사이에서 태어난 둘째 아들이며, 주몽의 의붓아들이기도 합니다.

　배다른 동생 유리가 고구려 태자가 되자, 온조는 형 비류와 함께 고구려를 떠나 남쪽으로 내려갔습니다. 그리고 신하들과 함께 한강 근처 위례성에 도읍을 정하고 나라 이름을 십제라 하였습니다. 열 사람의 어진 신하와 함께 세운 나라라는 뜻이지요. 미추홀에 도읍을 정했던 비류가 죽고 그 백성들이 위례성으로 옮겨오자, 온조는 기꺼이 그들을 맞아 나라 이름을 백제로 고쳤습니다. '백 사람의 어진 백성이 일으킨 나라' 라는 뜻입니다.

온조가 백제를 세우고 난 뒤의 일입니다. 한 번은 나라 안에 이상한 일이 잇달아 일어났습니다. 멀쩡하던 할머니가 사내로 변하고, 갑자기 호랑이 다섯 마리가 성 안에 들어와 설치고 다녔습니다. 그러고 나서 곧 온조의 어머니가 세상을 떠났습니다. 온조는 슬퍼하며 탄식했습니다. '우리가 새 나라를 세운 지 얼마 되지도 않았는데, 그 동안 편할 날이 없었다. 동쪽의 낙랑과 북쪽의 말갈이 자주 쳐들어오더니, 요새는 괴이한 일이 자주 일어나고 어머니마저 돌아가시니 아무래도 불길한 생각이 든다. 내가 강 남쪽을 살펴보니 땅이 매우 기름지고 지세가 좋아 백성들이 편히 지낼 만하다. 그곳으로 도읍을 옮겨 나라가 오래오래 번성케 함이 옳겠다.' 그리고 곧 도읍을 옮겼는데, 하남위례성이 바로 이곳입니다.

온조가 나라를 세운 뒤 백제는 세력을 넓혀 오랫동안 번성하였습니다. 온조는 비록 푸대접을 받고 고구려를 떠났지만, 나라 안에 새아버지 주몽의 사당을 짓고 제사를 지낼 만큼 고구려를 인연의 나라로 여겼습니다. 하지만 그 뒤에 백제와 고구려는 영토를 사이에 두고 여러 번 싸웠으니, 이익 앞에서는 인연도 소용없는 것인가요?

박혁거세

"무릇 나라를 힘으로써 다스리는 것은 하책이요, 지혜로써 다스리는 것은 중책이요, 덕으로써 다스리는 것은 상책이다. 나는 하늘에서 내려온 몸이나 사람의 도리를 다하여, 잔꾀나 억지를 부리지 않고 오로지 덕을 앞세웠노라."

박혁거세는 신라를 세운 시조입니다.

옛날 진한 땅에는 여섯 마을이 있었는데, 하루는 여섯 마을 촌장이 알천 언덕에 모여 의논을 했습니다. "우리에게 임금이 없으므로 백성들 마음이 흩어져 다스리기 어렵습니다. 이제 덕 있는 사람을 찾아 임금으로 삼고 나라를 세워야 하지 않겠습니까?" 곧 높은 곳에 올라가 굽어보니, 양산 아래 우물가에 번갯불 같은 이상한 기운이 드리워 있고, 흰 말이 그 앞에서 무릎을 꿇고 절을 하고 있었습니다. 여섯 촌장이 가까이 가 살펴보니 거기에는 보랏빛 알이 하나 놓여 있었고, 사람들이 다가가자 흰 말은 길게 울며 하늘로 올라가 버렸습니다.

알을 쪼개 보았더니 그 안에서 잘 생긴 사내아
이가 나왔습니다. 동천에 몸을 씻기니 몸에서 빛
이 나고, 안고 가니 새와 짐승이 줄지어 따르
고, 하늘과 땅이 진동하고 해와 달이 더 밝아
졌습니다. 세상을 밝게 했다고 하여 이름을
'혁거세'라 하고, 박 같은 알에서 나왔다고 하
여 성을 '박'이라 하였습니다. 열세 살에 임금
이 되었는데, 처음에는 나라 이름을 서라벌,
사라 또는 계림이라 했다가 나중에 신라로 고
쳤습니다.

혁거세는 덕으로 나라를 다스렸습니다. 한 번
은 낙랑 군대가 신라에 쳐들어왔다가, 신라 사람들이 밤중에도
문을 잠그지 않고 곡식을 들판에 그대로 쌓아 둔 것을 보고 그냥
돌아갔다고 합니다. 또 마한 왕이 죽었을 때 신하들이 이 틈을 타
서 마한을 치자고 하니 혁거세가 꾸짖었습니다. "남의 슬픈 일을
빌미로 내 욕심을 차리는 일은 옳지 못하다." 그러고는 사신을 보
내 조문하였습니다.

혁거세는 살아생전 밤만 되면 용마를 타고 하늘에 올라가 옥황
상제를 만났는데, 하루는 왕후 알영이 몰래 뒤를 따라갔다가 옥
황상제에게 들켜 노여움을 샀습니다. 그 때문에 혁거세는 죽은
뒤 온몸이 따로 떨어지게 됐는데, 그 팔다리와 몸뚱이를 따로 묻
은 무덤이 바로 경주의 오릉입니다.

알영

"나는 닭의 부리를 지니고 태어났다. 닭은 새벽을 알리고 밝음을 좇으니 신성한 짐승이다. 또한 나는 용의 몸에서 나왔으니 하늘의 정기를 타고난 것이다. 이것이 내가 마음대로 모습을 바꾸는 신통력을 가진 바탕이다."

알영은 혁거세왕의 왕후입니다.

혁거세가 알에서 태어난 뒤, 사람들은 곧 그 짝을 찾아 주기로 하였습니다. 마침 사량리 알영정이라는 우물가에 닭 모양의 용이 나타나 왼쪽 겨드랑이로 여자아이를 낳았습니다. 용이 사라진 뒤 사람들이 아이를 거두어 보니 모습이 몹시 아름다웠습니다. 그런데 입술이 마치 닭의 부리와 같았습니다. 사람들이 월성 북천에 데려가 몸을 씻겼더니, 곧 부리가 떨어져 나갔습니다.

　태어난 곳의 우물 이름을 따서 알영이라 이름짓고, 남산 서쪽에 궁을 만들어 모셨더니 자라면서 아름다움과 지혜가 뛰어나 따를 자가 없었습니다. 드디어 열세 살에 박혁거세와 결혼하여 왕후가 되었습니다.

혁거세왕이 나이 들어 죽음이 가까워지자, 밤만 되면 슬그머니 집을 나가 새벽에야 들어오곤 하였습니다. 알영은 그것을 이상히 여기고 까닭을 물어 보았지만, 혁거세는 웃기만 할 뿐 대답을 해 주지 않았습니다. 어느 날 알영은 조그마한 벌레로 변해 혁거세가 타고 다니는 말 궁둥이에 붙어 있었습니다. 한밤중이 되자 혁기세는 말을 타더니, 공중을 날아 하늘나라 옥황궁으로 올라갔습니다. 거기에서 옥황상제를 만나 이야기를 나누는 것이었지요. "이제 그대도 얼마 안 있어 이곳에 살러 오겠구려." 이렇게 말하던 옥황상제는 갑자기 눈살을 찌푸리며 소리쳤습니다. "나는 그대의 부인을 초대한 적이 없는데 어찌 데려왔소?" 그제야 알영은 본모습으로 돌아와 옥황상제께 용서를 빌었지만, 옥황상제의 노여움은 풀리지 않았습니다. 결국 알영은 혁거세와 함께 옥황궁에서 쫓겨났습니다.

그 뒤 혁거세가 죽음을 맞게 되었는데, 죽고 나서 몸뚱이가 따로 떨어지는 바람에 무덤을 다섯 개나 만들어야 했습니다. 이것이 경주의 오릉인데, 사람들은 옥황상제의 노여움 때문에 그렇게 되었다고 말합니다.

김수로왕

"나는 일찍이 구지에 내려와 알에서 태어난 몸으로, 내 할 일은 오로지 하늘의 명을 받아 나라를 편안케 하고 백성을 복되게 하는 것이다. 내가 백성들로 하여금 흙을 파며 노래 부르게 한 것은, 모름지기 임금 될 이는 뭇 백성의 입에 먼저 오르내려야 함을 알기 때문이다. 임금은 하늘이 내는 것이지만, 그 되고 안 됨은 백성들의 입에 달린 것이다."

김수로왕은 가야를 세운 시조입니다.

옛날 아홉 촌장이 백성들과 함께 남쪽에 모여 살 때, 하루는 구지봉에서 수상한 소리가 났습니다. 사람들이 가 보니, 모습은 보이지 않고 소리만 들렸습니다. "거기 사람이 있느냐?", "예, 우리가 있습니다.", "거기가 어디냐?", "구지입니다.", "하늘이 내게 명하기를, 이곳에 내려와 나라를 새롭게 하여 임금이 되라 하였다. 너희들이 나를 맞으려면 산꼭대기에 올라가 흙을 파며 노래하여라. 그 노랫말은 이러하니라. 거북아 거북아, 머리를 내놓아라. 내놓지 않으면 구워 먹으리라."

그 말을 들은 사람들이 모두 산꼭대기에 올라가 춤을 추며 노래하였습니다. "거북아 거북아, 머리를 내놓아라. 내놓지 않으면 구워 먹으리라." 그러자 보랏빛 줄이 하늘에서 내려와 땅에 닿았습니다. 줄 끝을 찾아 보니 금빛 상자가 붉은 보자기에 싸여 있었습니다. 열어 보니 해처럼 둥근 알이 여섯 개 들어 있었습니다. 가져다가 소중히 두었더니, 알들이 모두 사내아이가 되었습니다. 아이들은 나날이 쑥쑥 자라, 열흘 만에 키가 아홉 자나 되는 어른이 되었습니다.

이들은 백성들의 청을 받아 여섯 가야의 임금이 되었는데, 그 중 가장 훌륭한 이가 금관가야의 시조 김수로왕입니다. 김수로왕은 얼굴이 용과 같고, 몸에 여덟 가지 빛이 나고, 눈동자가 둘씩 있었습니다. 검소하여 궁궐을 지을 때도 풀로 지붕을 덮고 흙으로 층계를 만들었는데, 높이는 겨우 석 자였다고 합니다.

김수로왕은 그 뒤 배를 타고 온 아유타국 공주 허황옥을 왕후로 맞아 오랫동안 가야를 다스렸는데, 백쉰여섯 살까지 살았다고 전해집니다.

건국신화 유적

| 고조선 |

참성단 강화군 화도면 흥왕리 마니산 꼭대기에 있습니다. 옛날 단군이 하늘에 제사지내기 위해 산꼭대기에 참성단을 만들었다는 이야기가 전해 옵니다. 단군이 마니산에 참성단을 쌓은 것은 마니산이 그만큼 깨끗하고 장엄하기 때문이라 합니다.

삼랑성 강화군 길상면 온수리 정족산에 있는 성입니다. 정족산은 생김새가 마치 세 발 달린 가마솥과 같다 해서 붙여진 이름입니다. 단군이 세 아들을 시켜 쌓게 했다는 전설이 있어 삼랑성이라고 하고, 정족산에 있다고 하여 정족산성이라고도 합니다.

| 부여 |

동단산 중국 흑룡강성 길림시 동쪽 근교에 있는 산으로, 여기에 남아 있는 유적은 옛 부여의 것으로 짐작됩니다. 성 안에서 나온 토기, 기와와 같은 유물도 부여 또는 고구려와 발해의 것으로 알려져 있습니다. 동단산 유적과 유물은 길림지역이 오랜 세월 우리 겨레의 터전이었음을 말해 줍니다.

모아산 중국 흑룡강성 길림시 동단산 근처에 있는 산으로, 옛 부여의 첫 도성으로 보이는 유적이 많이 남아 있습니다. 정확한 사실을 알기는 힘들지만, 이곳은 길림시 용담산, 동단산과 더불어 초기 부여 사람들의 활동이 왕성했던 곳으로 짐작됩니다.

| 고구려 |

국내성 고구려의 두 번째 도읍지 국내성의 옛 모습입니다. 주몽이 부여에서 난을 피하여 이른 곳이 졸본이며, 이곳에서 나라를 세웠습니다. 그 뒤 주몽의 아들 유리왕이 도읍지를 국내성으로 옮겼는데, 그 위치는 대체로 만주 길림성 집안과 그 뒤 산성을 포함한 지역으로 알려져 있습니다.

장군총 고구려 20대 왕인 장수왕이 묻힌 것으로 짐작되는 무덤입니다. 무덤 내부는 석실로 되어 있고, 외부는 7층으로 쌓은 계단식 돌무덤이며 모양은 사각형으로 되어 있습니다. 쌓아 올린 돌들은 모두 1,000개가 넘으며, 돌의 크기는 일정하지 않으나 대략 위로 올라갈수록 조금씩 작아집니다.

| 백제 |

숭열전 백제를 세운 온조왕에게 제사를 지내기 위해 세운 사당으로, 경기도 광주시의 남한산성 안에 있습니다. 고려 때 세운 것으로 짐작되며, 이것으로 우리 겨레가 오래전부터 온조왕을 한 나라의 시조로 모신 것을 알 수 있습니다. 충청남도 직산에도 이와 비슷한 사당이 있습니다.

몽촌토성 서울 강동구 방이동에 있는 백제 초기의 성터입니다. 온조왕이 처음 백제를 세울 때 도읍지로 정한 위례성이 바로 이 성인 것으로 짐작됩니다. 자연 지형을 잘 이용한 성으로, 곳곳에 흙을 쌓거나 깎아내어 만들었습니다.

| 신라 |

오릉 경주시 탑정동에 있는 신라 시대의 무덤으로, 다섯 개의 무덤이 나란히 있다 하여 오릉이라 합니다. 신라 시조 박혁거세와 그 왕비 알영, 그리고 그 뒤를 이은 세 임금의 무덤으로 알려져 있지만, 전해 오는 이야기에는 혁거세왕이 옥황상제의 노여움을 사 시신이 다섯으로 나뉘어 묻혔다고도 합니다.

알영정 신라 시조 박혁거세의 왕비 알영이 태어났다는 우물터로서 경주시 사량동에 있습니다. 옛날 이 우물가에 닭 모양의 용이 나타나 왼쪽 겨드랑이로 여자아이를 낳았는데, 그가 바로 알영이라고 합니다. 지금은 우물이 없고 비석만 남아 있습니다.

| 가야 |

김수로왕릉 가야의 시조 김수로왕의 무덤으로 김해시 서상동에 있습니다. 이야기에 따르면 김수로왕은 하늘에서 내려온 상자 안의 알에서 태어났다고 전해집니다. 멀리 아라비아에서 왔다는 그 왕비 허황옥의 무덤이 근처에 있습니다.

가야고분군 가야 시대에 만들어진 옛 무덤들입니다. 낙동강 줄기를 따라 여러 곳에 퍼져 있고, 그 수도 무척 많습니다. 가야 무덤의 특징은 어느 것이나 높은 산 위에 있어 강과 평야를 굽어볼 수 있다는 점입니다. 대체로 둥근 모양이 많고, 크기는 여러 가지입니다.

바지왕

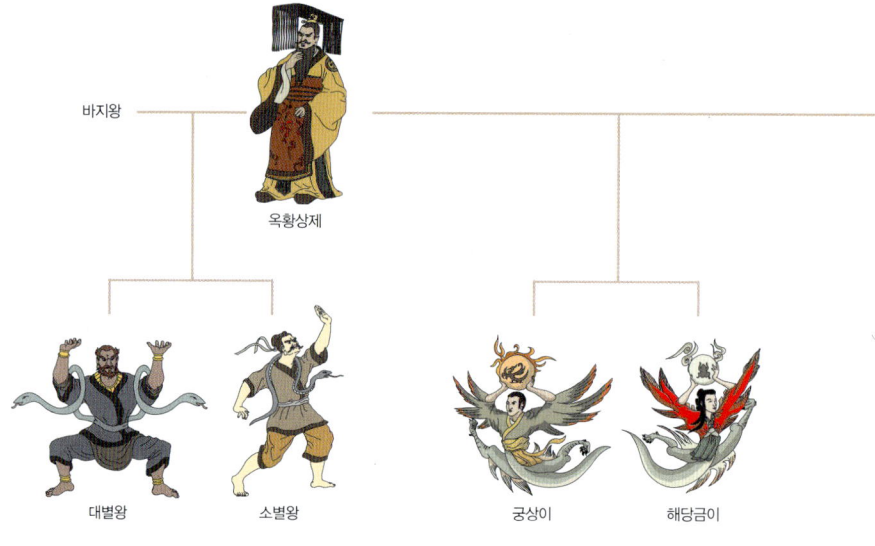

옥황상제

대별왕　　　소별왕　　　　　궁상이　　　해당금이

천상신

하늘에 있다고 믿는 신들입니다. 하늘과 땅, 이승과 저승을 통틀어 가장 큰
권능을 가진 옥황상제(천지왕)를 비롯한 많은 신이 하늘에 있습니다.
옛날부터 하늘은 우러름의 대상이었고, 빛과 비바람과 천둥번개로 사람들을 다스리는
신들의 나라로 믿어져 왔습니다. 땅을 다스리는 바지왕은 옥황상제 천지왕의 부인이며,
저승을 다스리는 대별왕과 이승을 다스리는 소별왕은 그 아들들입니다.
이 신들의 이야기는 대부분 제주도 구전 무속신화로 전해 옵니다.

사라도령　　원강아미　　칠성님　　옥녀부인

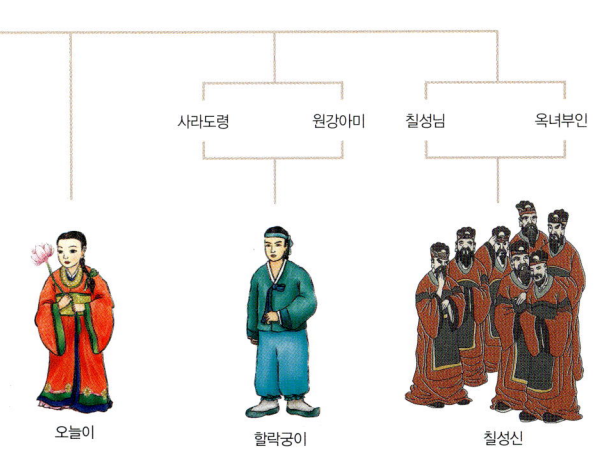

오늘이　　　　할락궁이　　　　　칠성신

옥황상제 (천지왕)

"허허, 어찌 내 명을 어기는 이들이 이다지도 많단 말이냐? 이제는 선녀를 귀양 보내기에도 지쳤고 사람을 돌로 만들기에도 지쳤도다. 벌주는 것이 차라리 못 본 체함만 같지 못하구나."

옥황상제는 이승과 저승, 하늘 세상과 땅 세상을 통틀어 으뜸 가는 신입니다. 신 중의 신으로서 신과 사람을 함께 다스리지요. 하늘과 땅을 다스리는 임금이라고 천지왕, 하늘에 있는 고귀한 신이라고 하늘님이라고도 합니다.

옥황상제가 머무는 궁궐을 옥황궁이라 합니다. 옥황궁에는 수많은 벼슬아치와 선녀가 있지요. 이들은 대개 옥황상제의 명을 잘 받들지만, 때때로 게으름을 피우거나 슬쩍 영을 어길 때도 있습니다. 가령, 옥황궁 선비가 읽으라는 글은 안 읽고 틈만 나면 내기장기를 둔다든지, 선녀가 사랑하는 나무꾼 총각을 만나러 몰래 땅 세상으로 내려간다든지 하는 일입니다. 이런 일이 생기면 옥황상제는 이들을 멀리 귀양 보냅니다. 보통은 인간세상으로 귀양 보내지만, 더러는 용궁이나 서천에 보내
기도 합니다.

땅 세상 사람들도 옥황상제 속을 썩이
기는 매한가지입니다. 옛날에 백중이라
는 목동은 소를 먹이다가 우연히 옥황
상제가 동해용왕 사자인 거북에게
자기 마을에 큰비를 내리라고 명하는 것
을 듣습니다. 백중은 옥황상제가 하늘로
올라간 뒤에 목소리를 흉내내어 거북에
게 다시 명합니다.

"아까는 내가 잘못 말했노라. 큰비는 들판에 내리고, 마을에는
햇빛만 쨍쨍 쬐어 주도록 하여라."

눈과 귀가 어두운 거북은 진짜 옥황상제 명인 줄 알고 그대로
용왕에게 고하지요. 그 뒤 백중의 장난으로 명이 잘못 전해진 것
을 안 옥황상제는 크게 노하여 백중을 돌로 만들어 버립니다.

옥황상제는 이렇듯 명을 어기는 이들을 벌주지만, 사람들을 널
리 사랑하여 누구든지 간절하게 소원을 빌면 다 들어줍니다. 다
만 그 소원이 자기 자신을 위한 거라면 들어주지 않지요.

바지왕

"소별왕이 다스리는 이승은 법이 맑지 못하여, 욕심 많은 사람들이 힘으로 남을 억누르는 일이 그치지 않는구나. 이 때문에 사람과 사람, 나라와 나라 사이에 싸움이 끊이지 않고 억울한 이의 울음소리가 땅을 흔드니 원통한 일이로다. 남을 위해 흘리는 눈물만이 멸망으로부터 이승을 지켜 줄 것이다."

바지왕은 땅 세상을 다스리는 신입니다. 땅은 보통 이승 사람들이 발을 딛고 사는 곳이니, 바지왕이 이처럼 이승을 안타깝게 지켜보는 것은 당연한 일이지요.

먼 옛날 옥황상제 천지왕이 배필을 구하러 땅 세상에 내려왔을 때, 슬기부인 백주할머니의 외동딸 총명부인에게 한눈에 반해 청혼을 했습니다. 총명부인은 천지왕과 혼인하여 아들 쌍둥이를 낳았지만, 남편 천지왕은 아이들이 태어나는 것도 보지 못한 채 하늘나라로 올라가 버렸습니다. 홀로 남은 총명부인은 정성을 다해 쌍둥이 대별왕, 소별왕 형제를 훌륭히 키웠습니다. 아들들이 아버지를 찾아 하늘로 올라간 뒤에도 총명부인은 홀로 남아 묵묵히 인간세상의 법을 따랐습니다.

이 총명부인은 나중에 바지왕이 되었습니다. 바지왕은 땅 세상을 다스리는 신이지만 사람들 앞에 나타나는 법은 없습니다. 언제나 보이지 않는 곳에서 조용히 지켜보다가, 세상이 위험에 빠지면 사람들을 깨우쳐 스스로 구하게 하지요. 세상은 힘으로 다스려지는 것이 아니라 사랑으로 지켜진다는 것을, 바지왕은 우리에게 끊임없이 일깨웁니다. 언뜻 보면 힘센 사람이 약한 사람을, 큰 나라가 작은 나라를 정복하고 지배하는 것 같지만 정작 이 땅을 구하는 것은 약자를 위로하는 눈물이지요. 만약 힘을 숭배하고 따르는 사람들만 있었다면, 세상은 이미 오래전에 멸망했을지도 모릅니다.

바지왕은 이처럼 말 없이 고요하게, 그러나 든든하게 이승을 지켜 줍니다. 이승은 아들 소별왕이 다스리는 곳이니, 행여 아들이 잘못할까 걱정하는 어머니의 마음이 그처럼 큰 힘을 내는 것일까요?

대별왕(대천왕)

"낮에는 만물이 타 죽고, 밤에는 만물이 얼어 죽는 것은 하늘에 해와 달이 두 개씩 있는 까닭이다. 내 천 근 무쇠 활로 해와 달을 하나씩 쏘아 떨어뜨리리라."

대별왕이 해와 달 하나씩을 활로 쏘아 떨어뜨리자, 세상은 다시 평화를 되찾았습니다.

먼 옛날 옥황상제 천지왕이 인간 땅에 내려와 백주할머니의 외동딸 총명부인을 아내로 맞아들였습니다. 천지왕이 마음씨 고약한 수명장자를 벌주고 하늘로 올라간 뒤, 총명부인 바지왕이 아들 쌍둥이를 낳으니 형은 대별왕이요 아우는 소별왕입니다. 형제는 아버지 천지왕이 증표로 남기고 간 박씨를 심어, 그 덩굴을 타고 하늘나라로 올라갑니다.

하늘나라로 올라간 대별왕과 소별왕은 천지왕의 명에 따라 이승과 저승을 나누어 맡아 다스리게 되었습니다. 처음에는 대별왕이 이승을 맡고 소별왕이 저승을 맡았는데, 소별왕이 이승을 다스리고 싶어 내기를 걸었습니다. 처음에는 수수께끼 내기를 했는데, 슬기로운 대별왕이 이겼습니다. 두 번째는 꽃 가꾸기 내기를 했는데, 소별왕이 아무래도 질 것 같아서 속임수를 썼습니다.

"형님, 우리 그 동안 꽃을 가꾸느라 힘들었으니 잠자기 내기를 합시다. 누가 깊이 잠이 드나 겨뤄 봅시다."

의심 없는 대별왕은 깊이 잠들고, 소별왕은 잠자는 척하다가 깨어나 형의 꽃과 자기 꽃을 바꿔칩니다. 나중에 잠에서 깨어난 대별왕은 속은 것을 알았지만 선선히 아우에게 이승을 내주고 자기는 저승으로 갔습니다.

대별왕은 슬기로울 뿐 아니라 마음이 곧고 너그러워 저승을 반듯하게 잘 다스렸습니다. 그래서 저승에는 법이 한 치 빈틈이 없어, 죄를 지으면 꼭 그만큼 벌을 받고 덕을 쌓으면 꼭 그만큼 상을 받지요.

하늘에 해와 달이 두 개씩 떴을 때도, 소별왕은 어쩔 줄 몰라 형에게 도움을 청했습니다. 대별왕은 선선히 아우의 부탁을 받아들여 천 근 활을 메고 이승으로 가 해와 달 하나씩을 떨어뜨려 주었습니다. 이승에 밤낮이 알맞게 춥고 더운 것은 다 대별왕 덕분이지요.

소별왕(소천왕)

"아아, 나는 왜 형처럼 세상을 반듯하게 다스리지 못하는 것일까? 이승은 너무 복잡하고 어지러워 내가 다스리기에는 힘이 부치는구나."

이렇게 탄식하는 이는 대별왕의 아우요, 천지왕의 둘째아들인 소별왕입니다.

소별왕은 속임수를 써서 형이 다스리는 이승을 빼앗았지만, 아무리 해도 잘 다스릴 수가 없었습니다. 이승에는 서로 싸우고 속이고 빼앗고 해코지하는 사람이 너무 많아서 도무지 손을 쓸 수 없는 까닭입니다. 게다가 하늘에는 해도 둘이요 달도 둘이라, 낮에는 너무 뜨거워 만물이 타 들어가고 밤에는 너무 추워 만물이 얼어붙었습니다. 그뿐이 아닙니다. 사람 아닌 것들이 다 말을 해서 세상이 너무나 시끄러웠습니다. 풀과 나무가 말을 하고 물고기와 날짐승, 길짐승도 말을 하니 시끄러울 수밖에요.

소별왕은 어쩔 줄을 몰라 저승에 있는 대별왕에게 도움을 청했습니다. 대별왕은 천 근 활로 해와 달 하나씩을 쏘아 떨어뜨려 주었고, 소별왕은 형이 시킨 대로 송홧가루 닷 말 닷 되를 마련하여 온 세상에 뿌렸습니다. 그 뒤로부터 밤낮의 추위 더위가 알맞게 되었고, 풀, 나무, 짐승들은 입을 닫아 오직 사람만이 말을 하게 되었지요.

하지만 소별왕은 그 뒤로도 이승을 반듯하게 다스리는 데 성공하지 못했습니다. 자기 자신이 속임수를 써서 형에게 이승을 빼앗은 처지니 어찌 영이 서겠습니까? 이승 사람들은 소별왕이 하는 말을 믿으려 하지 않았고, 소별왕이 만든 법을 두려워하지 않았습니다. 이승에 서로 싸우는 사람, 속이는 사람, 남의 것을 빼앗는 사람, 남을 해코지하는 사람이 있는 것은 소별왕의 영이 서지 않는 탓입니다.

소별왕은 뒤늦게 자신의 부족함을 깨닫고 잘못을 뉘우쳤을까요? 하지만 이미 때가 늦었을까요? 어쩌면 아직 늦지 않았을지도 모릅니다. 이제라도 소별왕이 형에게 잘못을 고백하고 다시 자리를 바꾸자 하면, 마음씨 너그러운 대별왕은 그 부탁을 들어줄지도 모르니까요.

할락궁이

"서천꽃밭에 핀 꽃은 사람의 운명을 좌우하는 진귀한 꽃이니라. 그 누구도 내 허락 없이 꽃밭에 들어가지 말라. 못다 이룬 꿈이 간절한 이와 맺힌 한을 풀 길 없는 이는 나에게 빌면 소원을 들어주리라."

서천에는 너른 꽃밭이 있는데, 이곳을 지키는 신을 꽃감관이라 합니다. 처음에는 사라도령이, 그 뒤를 이어 할락궁이가 꽃감관이 되었습니다. 서천꽃밭은 본디 삼신이 태어날 아기의 운명을 알아보려고 만들었는데, 나중에 꽃밭에 함부로 들어가는 이가 많아지자 옥황상제가 꽃감관으로 하여금 꽃밭을 지키게 하였습니다.

그 옛날 사라도령이 옥황상제의 명을 받고 서천으로 떠날 때, 아내 원강아미도 함께 길을 나섰습니다. 하지만 아기 밴 몸으로 먼 길을 갈 수 없어, 도중에 자현장자의 집에 종으로 팔려가 머물게 되었습니다. 바로 거기서 할락궁이가 태어났지요. 할락궁이는 자현장자의 온갖 구박 속에서도 씩씩하게 자라, 드디어 아버지 사라도령을 찾아 서천으로 떠났습니다. 천신만고 끝에 서천꽃밭에 다다른 할락궁이는 아버지를 만나지만, 어머니한테 나쁜 일이 생긴 것을 알고 다시 자현장자의 집으로 돌아옵니다. 과연 어머니는 자현장자에게 죽임을 당하여 뒷산 청대밭에 묻혀 있었지요. 할락궁이는 품속에 넣어 온 환생꽃 다섯 송이로 어머니를 살려내고, 아버지의 뒤를 이어 서천꽃밭의 꽃감관이 되었습니다.

할락궁이가 지키는 서천꽃밭에는 신비한 꽃이 많습니다. 그 중 환생꽃은 죽은 사람을 살려내는 꽃입니다. 이 꽃은 모두 다섯 가지로 각각 뼈살이꽃, 살살이꽃, 피살이꽃, 숨살이꽃, 혼살이꽃이지요. 죽은 사람 몸에 뼈살이꽃을 올려놓으면 뼈가 살아 붙고, 살살이꽃을 올려놓으면 살이 살아 돋고, 피살이꽃을 올려놓으면 피가 살아 돌고, 숨살이꽃을 올려놓으면 숨이 살아 나오고, 혼살이꽃을 올려놓으면 혼이 살아 생겨서, 죽은 줄만 알았던 사람이 기지개를 켜면서 일어납니다. 그 밖에도 진귀한 꽃이 많은데, 가령 웃음꽃은 보기만 하면 웃음을 멈출 수 없는 꽃이고, 싸움꽃은 보기만 하면 서로 싸우게 되는 꽃이랍니다.

오늘이

"모험을 두려워 마십시오. 나는 일찍이 어린 소녀의 몸으로 혼자서 어머니, 아버지를 찾아 끝없는 모험의 길을 떠났습니다. 낯선 땅과 험한 길, 그리고 도중에 만난 이들은 나를 키워 주고 용기와 힘을 주었습니다. 자, 이제 두려움을 떨치고 일어나십시오."

옥황선녀 오늘이가 우리에게 주는 희망의 말입니다.

그 옛날 인간 땅 강림들에 한 여자아이가 살았는데, 이름이 오늘이었습니다. 어머니, 아버지도 없이 혼자서 외롭게 사는 아이를 가엾게 여겨 지나가는 사람들이 붙여 준 이름이었지요. 오늘 만난 아이라고 해서 오늘이랍니다.

오늘이는 어느 날 우연히 어머니·아버지가 원천강에 살고 있다는 말을 듣고, 부모를 찾아 머나먼 길을 떠났습니다. 흙바람 부는 흰모래땅, 뙤약볕이 내리쬐는 황모래땅, 무릎까지 푹푹 빠지는 흑모래땅, 새의 깃털도 가라앉는다는 청수바다, 하늘까지 닿는 바위산을 지나며 많은 사람을 만났지요. 천 년 만 년 글만 읽는 내일낭자와 장상도령, 키가 닷 자나 되는데도 꽃을 못 피우는 연꽃, 여의주를 세 개 가지고도 용이 못 되는 이무기, 밑 뚫린 바가지로 물을 푸는 선녀들이 그들입니다. 이들은 길을 가르쳐 주는 대신 한 가지씩 부탁을 합니다. 오늘이는 그들의 부탁을 다 들어주기로 약속하고, 하나씩 하나씩 길을 알아낸 끝에 드디어 원천강에 닿아 부모님을 만납니다.

꿈에도 그리던 부모님을 만난 기쁨도 잠시, 오늘이는 곧 왔던 길을 되짚어 강림들로 돌아갑니다. 많은 이에게 부탁 받은 일들이 있기 때문이지요. 돌아가는 길에 부탁 받은 일들을 하나하나 도와주고, 그 보답으로 여의주와 연꽃을 얻게 됩니다. 그 덕분에 오늘이는 옥황궁의 선녀가 됩니다.

옥황궁 선녀는 여럿이지만, 오늘이가 그중 가장 씩씩하고 슬기로운 선녀임에는 틀림없습니다. '원천강 오늘이'라고도 불리는, 이 작지만 큰 선녀는 모험을 꿈꾸는 모든 이의 우상입니다.

칠성신

"명을 달라느냐, 복을 달라느냐, 자식을 달라느냐? 인간세상 사람들의 운명이 우리 일곱 형제 손에 달려 있으니, 누구든지 바라는 바 있으면 정성으로 빌어 보라."

사시사철 북쪽 하늘에서 반짝이는 북두칠성은 바로 칠성신의 모습입니다. 옛날부터 사람들은 간절히 바라는 것이 있을 때 정화수를 떠다 놓고 칠성신께 빌었지요.

옛날 옛적 천하궁 칠성님과 지하궁 옥녀부인이 혼인을 하였는데, 열두 해가 지나도록 혈육이 없더니 산신께 빌고 난 뒤 한꺼번에 아들 일곱 쌍둥이를 낳았습니다. 그것을 본 칠성님은 "일곱 자식 옷 없어 못 키우고 밥 없어 못 키우겠다."면서 그만 천하궁으로 도망가 버렸습니다. 하루아침에 소박데기가 된 옥녀부인은 일곱 아들을 버리려 하였지만, 산신의 꾸지람을 들은 뒤 마음을 고쳐먹고 잘 키웠습니다.

일곱 아들은 나이 열다섯 살이 되자 아버지를 찾으러 천하궁으

로 올라갔습니다. 물어 물어 찾아간
끝에 아버지를 만났지만, 후실부
인의 몹쓸 꾀로 죽음을 맞게 되
었습니다. 마침 멧돼지의 도움으
로 살아난 일곱 아들은 어머니
옥녀부인을 찾으러 지하궁에
내려갔습니다. 하지만 어머니

는 이미 석 달 전에 세상을 떠난
뒤였습니다. 일곱 아들은 서천꽃밭 꽃감관의 도움으로 어머니를
살려내고, 함께 천하궁에 올라가 행복하게 잘 살았습니다. 그 뒤
칠성님과 옥녀부인은 각각 천일성과 태일성이 되어 뭇 별을 다스
리고, 일곱 아들은 북두칠성이 되어 인간세상의 길흉화복을 주관
하였습니다.

칠성신은 첫째 별부터 일곱째 별까지 차례로 탐랑성, 거문성,
녹존성, 문곡성, 염정성, 무곡성, 파군성이라는 이름이 있으며,
각각 하는 일도 다릅니다 이를테면 첫째 별 탐랑성이 생명의 기
운을 관장하면 다섯째 별 문곡성은 죽음의 기운을 다스린다는 식
이지요. 옛날 사람들은 칠성신이 땅 위에 비를 내려 주고, 사람들
의 수명을 좌우한다고 믿었습니다. 재물을 얻거나 재주를 익히는
일도 칠성신의 능력이라고 생각했습니다. 그래서 어부들이 풍어
를 바랄 때도 칠성신께 빌었고, 선비가 과거에 급제하기를 바랄
때도 칠성신께 빌었지요.

일월신

"남편과 아내는 몸도 하나요 마음도 하나이니라. 부부간에 화목하고 다투지 말아라. 부부 금실이 두터워야 자손들이 영화를 누리리라."

하늘에 뜬 해와 달은 일월신의 모습입니다. 본디 이 둘은 금실 좋은 부부였습니다. 옥황상제가 해와 달로 만들어 하늘에 띄워 놓았더니, 너무 사이가 좋아 한시도 떨어지지 않았습니다. 해와 달이 함께 다니니 낮은 너무 밝고 밤은 너무 어두워, 옥황상제가 둘을 밤과 낮으로 갈라놓았습니다. 하지만 둘은 서로를 못 잊어 옥황상제 몰래 가끔 만나기도 합니다. 낮달이 뜨는 것은 바로 이 때문이지요.

먼 옛날 하늘나라 선비 궁상이가 내기를 너무 즐기다가 옥황상제의 노여움을 사 인간세상에 귀양을 왔습니다. 귀양지에서 어여쁜 처녀 해당금이를 만나 둘은 혼인을 하게 되었지요. 부부 금실이 너무 좋아 궁상이는 밖에서 일할 때도 해당금이 얼굴을 그린 그림을 걸어 놓았습니다. 하루는 바람이 세게 분 탓에 그림이 날

려가 남쪽 고을 부자 배선이 집에 떨어졌습니다. 그림 속 얼굴에 반한 배선이는 꾀를 내어 궁상이에게 내기를 걸고, 궁상이는 덜컥 내기에 응했다가 그만 아내를 잃고 맙니다.

　궁상이는 배선이의 배에 실려 가는 아내 뒤를 따르다가 바다에 던져졌지만, 해당금이의 슬기로 겨우 목숨을 건집니다. 학의 도움으로 남쪽 고을에 온 궁상이는 거지가 되어 떠돌아다니고, 이를 안 해당금이는 거지 잔치를 베풉니다. 잔치 마지막 날 궁상이와 해당금이는 다시 만나 잘 살다가 나중에 일월신이 되었습니다. 배선이는 잔칫날 구슬옷을 입고 하늘로 올라가 솔개가 되었고요.

　고구려 옛 무덤에 그려진 벽화를 보면, 해 안에는 세 발 까마귀가 들어 있고 달 안에는 두꺼비가 들어 있습니다. 옛날에는 까마귀와 두꺼비 모두 신령스러운 동물로 여겨졌지요. 일월신은 부부 금실을 두텁게 해줄 뿐 아니라 사람들의 갖가지 소원도 들어줍니다. 설날 아침 떠오르는 해를 보고 소원을 빈다든지, 정월대보름과 한가위 때 솟아오르는 달을 보고 소원을 비는 풍습은 다 이러한 믿음에서 비롯한 것입니다.

옥황상제

대별왕

진광대왕　　초강대왕　　송제대왕　　오관대왕　　염라대왕　　변성대왕

강림도령　　일직차사　　월직차사

저승신

사람이 죽으면 가는 세상, 저승을 지키는 신들입니다. 옛날에는 사람이 죽으면
열 명의 신에게 차례로 심판 받는다는 믿음이 있었는데, 이를 시왕신앙이라고 합니다.
저승시왕 이야기는 처음에 불교에서 나온 것으로 보이지만, 이 신앙이 민간에
널리 퍼지면서 무속에도 영향을 주었습니다. 시왕은 대개 근엄하고 권위 있는 모습으로
묘사되지만, 자비로움도 함께 갖추고 있습니다. 저승차사는 저승시왕의 명을 받아
죽은 사람을 저승에 데려가는 심부름꾼으로, 보통 셋이서 함께 다닙니다.

태산대왕   평등대왕   도시대왕   전륜대왕   비리공덕

바리데기

진광대왕

"너는 또 죄를 짓고 왔느냐? 지난번에 그토록 타일렀거늘, 또 같은 잘못을 되풀이한단 말이냐? 얼마나 많은 고통을 겪어야 그 버릇을 고치겠느냐?"

이것은 진광대왕의 호통 소리입니다. 사람이 죽으면 들게 되는 저승을 명부라고도 하는데, 이곳을 지키는 열 왕을 시왕이라고 합니다. 시왕은 각각 사람이 생전에 지은 죄를 심판하지요. 진광대왕은 그 중 첫째 왕입니다. 저승에 든 사람은 누구든지 첫 이레 만에 진광대왕 앞에 나아가 다스림을 받게 됩니다.

살아생전 죄를 지은 사람은 죽어서 심판을 받지만, 마음씨 너그러운 저승시왕은 때때로 죄를 용서해 주고 다시 사람으로 태어나게 해줍니다. 그런

78

데 또다시 죄를 짓고 오면 저승시왕의 무서운 호통을 면할 수 없지요.

진광대왕을 만나러 가는 길은 멀고도 험합니다. 사람이 죽으면 저승차사가 와서 넋을 데려가는데, 처음에는 아득하고 넓은 벌판을 지나갑니다. 풀 한 포기, 나무 한 그루 없이 황량하기 그지없는 벌판입니다. 곳곳에 안개는 자욱한데 이따금 까마귀 우는 소리만 들립니다. 멈추려고 해도 멈출 수 없고, 쉬려고 해도 쉴 수 없습니다. 겨우 벌판을 지나면 이번에는 높고 험한 산이 앞을 가로막습니다. 산은 온통 바위투성이입니다. 산을 뒤덮은 바위는 끝이 칼날처럼 날카로워서 손으로 잡을 수도 없습니다. 천신만고 끝에 산을 넘으면 드디어 저승이고, 저승에 들어가면 문지기가 기다리고 있습니다. 허락을 받고 저승문을 지나면 비로소 진광대왕의 대궐로 들어가게 되지요.

진광대왕의 대궐 뜰에는 헤아릴 수 없이 많은 사람이 줄지어 심판을 기다립니다. 진광대왕의 명을 받아 죄인을 끌고 드나드는 건 세 귀왕이고, 재판을 도와 도장을 쾅쾅 찍고 장부에 글자를 적는 건 여섯 판관입니다. 진광대왕 곁에는 심부름하는 두 동자가 있지요. 이렇게 많은 부하 신을 거느리는 건 모든 시왕이 다 같습니다.

초강대왕

"나는 초강대왕이다. 죄 지은 자는 내 심판을 피해 갈 수 없으리라."

초강대왕은 저승시왕 중 둘째 왕입니다. 첫째 왕인 진광대왕에게 심판을 받은 사람은 죽은 지 열나흘 만에 초강대왕을 만나게 됩니다.

초강대왕을 만나러 가는 길은 험한 물길입니다. 먼저 깊이를 알 수 없는 큰 강을 나룻배로 건너면, 강기슭에 머리가 하얀 할머니 할아버지가 기다리고 있습니다. 할머니는 건너 온 사람의 옷을 빼앗고, 할아버지는 옆에 있는 나무에 그 옷을 겁니다. 옷을 빼앗는 할머니는 탈의파, 옷을 나무에 거는 할아버지는 현의옹, 옷을 거는 나무는 의령수라고 합니다.

탈의파 할머니가 옷을 빼앗는 순간, 옷에는 그 주인의 죄가 실립니다. 살아생전 죄를 많이 지은 사람의 옷은 무겁고, 죄를 적게 지은 사람의 옷은 가볍지요. 현의옹 할아버지가 옷을 의령수에

걸면, 무거운 옷은 축 늘어지고 가벼운 옷은 깡똥하니 매달립니다. 이것으로 죄의 무게를 가늠하는 것입니다.

이렇게 죄의 무게를 단 다음에는 삼도천이라는 내를 건너야 합니다. 삼도천은 삼도하라고도 하는데, 냇물이 세 개 있어서 그런 이름이 붙었습니다. 맨 위 냇물은 물결이 잔잔하고 깊이가 얕아서 무릎에도 차지 않습니다. 그래서 아주 쉽게 건널 수 있는데, 물론 죄가 가벼운 사람이 건너는 곳이지요. 가운데 냇물에는 금과 은, 칠보로 치장된 멋진 다리가 놓여 있습니다. 이곳은 죄를 하나도 짓지 않은 선인만 건널 수 있습니다. 아래쪽 냇물은 누구나 짐작하듯이 죄를 많이 지은 사람이 건넙니다. 물살은 화살같이 빠르고 물결은 큰 산과 같이 높게 이는 곳입니다. 또 물 속에는 독사가 살고 있어서 건너는 사람의 다리를 뭅니다. 그뿐이 아닙니다. 물결 속에는 크고 작은 돌멩이가 있어 빠른 속도로 떠내려오다가 건너는 사람의 몸에 부딪혀 깨어집니다. 이 험한 냇물을 이레 밤 이레 낮 동안 건너야 비로소 초강대왕을 만날 수 있습니다.

송제대왕

"들어라. 내 평생 지은 죄가 여기에 적혀 있느니라. 내 소상히 읽어 줄 것이니 듣고 뉘우치라."

송제대왕이 두루마리를 흔들며 호령을 하면, 뜰에 늘어선 죄인들은 벌벌 떨며 머리를 조아립니다.

송제대왕은 저승시왕 중 셋째 왕입니다. 사람이 죽은 지 스무하루 만에 만나는 왕이지요. 송제대왕은 사람이 살아생전 손발과 입으로 지은 업을 심판합니다. 손발을 써서 부지런히 일하고 남을 도와준 사람은 큰 가마에 태워 호사를 시켜 주지만, 손발로써 남을 해코지하고 남의 물건을 훔친 사람에게는 반드시 벌을 줍니다. 말하는 품이 자애로워 남을 칭찬하고 바른 말을 한 사람은 높은 곳에 앉히고 향기로운 음식으로 대접을 하지만, 말버

룻이 험하여 남을 헐뜯고 거짓말을 일삼은 사람에게는 고통을 주어 뉘우치게 합니다.

송제대왕의 대궐로 들어가는 곳에는 커다란 관문이 있는데, 이곳을 업관이라 합니다. 이곳은 무시무시하게 생긴 귀신이 지키는데, 머리에 뿔이 열여섯 개 나고 얼굴에는 눈이 열두 개 있으며 입은 함지박만 합니다. 그래서 눈망울을 굴리면 눈에서 번개 같은 빛이 나오고, 말을 하면 입에서 불꽃이 뿜어져 나옵니다.

송제대왕은 진광대왕, 초강대왕과 더불어 형제 사이입니다. 옛날 노가단풍자지명왕 아기씨가 황금산 도단절 주자스님의 손길을 받아 아들 삼형제를 낳았는데, 맏이는 왼쪽 겨드랑이로 낳고, 둘째는 오른쪽 겨드랑이로 낳고, 막내는 가슴 한복판으로 낳았다지요. 삼형제가 나중에 저승 삼시왕으로 들어서니, 맏이가 진광대왕이요 둘째가 초강대왕이요 막내가 송제대왕입니다.

송제대왕은 아주 엄해서 죄 지은 사람을 정말 무섭게 심판합니다. 손발로 죄를 지은 사람은 손발을 잘라 철판 위에 늘어놓고, 입으로 죄를 지은 사람은 혀를 빼내어 그 위에 밭을 간다니 끔찍하지 않습니까? 하지만 착한 사람한테는 그지없이 인자하다고 하네요.

염라대왕

"여봐라, 너는 살아생전 착한 일을 얼마나 많이 하였느냐?"

검은 면류관을 쓰고 검은 수염을 기른 염라대왕이 잡혀 온 사람에게 묻습니다. 짐짓 모르는 척 묻지만, 사실 염라대왕은 이미 다알고 있지요. 사람이 살았을 때 쌓은 덕행과 지은 죄가 낱낱이 비치는 업경이라는 거울이 있거든요. 만약 어떤 죄 지은 사람이 "저는 가난한 사람들을 많이 도와주었습니다." 하고 거짓을 고해도, 염라대왕이 거울을 척 들여다보기만 하면 다 들통이 나게 마련입니다. 아홉 면이나 되는 거울에 생전에 한 일이 고스란히 비쳐 보이니까요.

염라대왕은 저승시왕 중 다섯째 왕이지만, 언제나 시왕의 우두머리 노릇을 합니다. 겉으로는 우두머리답게 매우 근엄한 모습을 하고 있지만, 속내는 인정 많고 너그러운 신입니다. 때때로 잡혀 온 사람에게 억울하거나 딱한 사정이 있는 걸 알면 슬그

86

머니 이승으로 돌려보내 주는 걸 보면 틀림없이 그렇지요. 가난한 사람이 배우지 못해 엉터리 염불을 해도 나무라기는커녕 도리어 칭찬하며 꽃방석에 앉혀 주는 걸 보아도 그렇습니다.

염라대왕은 우스개도 곧잘 하나 봅니다. 한 번은 저승차사들이 실수로 아직 수명이 다 되지 않은 사람을 잡아 와 염라대왕 앞에 대령시켰지요. 염라대왕은 점잖게 차사들을 꾸짖고 나서, 잘못 잡혀 온 사람에게 사과하는 뜻으로 "어디든지 원하는 곳에 원하는 모습으로 돌려보내 주겠노라." 하였습니다. 그 사람이 말하기를 "산 좋고 물 좋고 정자 좋은 곳에서 아무 근심걱정 없이 살게 해주십시오." 했더니, 염라대왕은 이렇게 대답했습니다. "그렇게 좋은 데가 있으면 내가 가지, 너를 보내 주겠느냐?"

염라대왕이 거느린 부하 신으로는 다섯 판관(재판을 돕는 관리)과 네 귀왕(귀신 무리의 우두머리), 그리고 두 동자(심부름하는 아이)가 있습니다. 세 차사(강림도령, 일직차사, 월직차사)도 염라대왕의 명을 받고 이승에서 수명이 다한 사람을 저승으로 데려갑니다.

변성대왕

"두려워 말라. 이승에 남은 네 가족, 친지 들이 덕을 쌓으면 네 죄가 가벼워질 것이니라."

변성대왕은 인자하게 말하지만, 심판을 기다리는 사람들은 가슴이 조마조마합니다. 왜냐하면 이승에 남은 사람들이 어떤 일을 하는지 도무지 알 수 없기 때문입니다.

죽어서 저승에 든 사람들은, 시왕 중 다섯째인 염라대왕을 만날 때까지 생전에 지은 죄와 업에 대한 심판을 거의 다 받습니다. 오관대왕의 업칭에 죄를 달고 염라대왕의 업경에 생전의 모습을 비추어 보는 것으로 웬만한 잘잘못은 다 가려지니까요.

이제부터는 죄 지은 사람이 그 죄를 더는 일만 남았습니다. 변성대왕은 죽은 이의 피붙이와 동무 들이 이승에서 얼마나 착한 일을 많이 하는지를 살펴서, 죽은 이의 죄를 가볍게도 하고 무겁게도 합니다.

변성대왕을 만나러 가는 길도 아주 힘든 길입니다. 죄 없는 사

88

람은 무지개를 타고 하늘길로 가고, 죄가 가벼운 사람은 평평한 모랫길을 지나가지만, 죄 많은 사람은 철환소라고 하는 어두운 바윗길을 지나가게 됩니다. 이곳은 둥근 바위가 쉴새없이 굴러다니는 길입니다. 바위는 큰 것이 집채만 하고 작은 것이 장독만 한데, 빠른 속도로 굴러다니며 서로 부딪치기도 하고 지나가는 사람에게 부딪치기도 합니다. 바위가 서로 부딪칠 때마다 벼락치는 소리기 나며 불꽃이 입니다. 지나가는 사람이 부딪히면 뼈가 부서집니다. 이런 곳이 팔백 리나 이어져 있어, 꼬박 이레 동안 걸어서야 변성대왕의 대궐에 닿게 됩니다.

죄 지은 사람이 들어오면, 변성대왕은 이승에 남은 피붙이와 동무 들이 어떻게 하고 있는지를 하나하나 살펴서 잘잘못을 가립니다. 그들이 착한 일을 많이 하면 죽은 이의 죄를 덜어서 가볍게 해주고, 그렇지 않으면 죄를 무겁게 합니다. 죄 지은 사람들은 행여 이승에 남은 이들이 나쁜 짓을 할세라 가슴을 조이며 기다립니다. 오관대왕 곁에는 이승 사람 들 모습을 살펴 아뢰는 두 동자가 있는데, 주선동자는 착한 일을 아뢰고 주악동자는 나쁜 일을 아룁니다.

태산대왕

"어디 보자, 너는 지은 죄가 무거우나 진실로 뉘우치는 빛이 있고 이승의 친지들이 덕을 많이 쌓았으니 그 죄를 덜 만하다. 축생도로 보낼 터이니 소가 되어 십 년 동안 부지런히 일을 하면 사람으로 환생시켜 주겠노라."

태산대왕이 두루마리를 펴 보고 판결을 내립니다. 다섯 판관이 죄인의 모든 형편을 낱낱이 적어 올리면 태산대왕이 그 보낼 곳을 명하지요.

태산대왕은 저승시왕 중 일곱째 왕입니다. 사람이 죽은 지 마흔아홉 날 만에 만나는 신으로서, 그 동안 밝혀진 죄와 공덕을 보고 각각 어디로 보낼 것인지 정합니다. 태산대왕의 대궐 앞에는 여섯 개의 검은 문이 있는데, 각각 커다란 붉은 기둥에 달려 있습니다. 얼마나 크고 무거운지 사람의 힘으로는 열고 닫을 수 없습니다.

여섯 문은 각각 지옥문, 아귀문, 축생문, 아수라문, 인간문, 천상문입니다. 지옥문은 지옥으로 통하는 문인데, 한 번 들어가면 다시 나올 수 없습니다. 아귀문은 배고픈 귀신들이 사는 곳으로 통하지요. 이곳에 들어가면 음식을 아무리 먹어도 배가 고프고, 물을 아무리 마셔도 목이 마릅니다. 축생문으로 들어가면 짐승으로 다시 태어나게 됩니다. 말 못 하는 짐승이 되어 고생하면서 지난날의 잘못을 뉘우치라는 뜻입니다. 아수라문으로 들어가면 사나운 귀신들이 사는 곳이 나옵니다. 이 귀신들은 싸움을 즐기기 때문에 늘 시끌벅적하고 어수선합니다. 인간문은 인간세상으로 통하는 문입니다. 죄가 가벼운 이는 이곳으로 들어가 다시 한 번 사람으로 태어나지요. 천상문은 죄가 아주 없는 깨끗한 사람만 들어갈 수 있습니다. 하늘나라로 가서 여태까지 못다 누린 복을 누리게 됩니다.

여기까지 온 사람은 누구나 태산대왕의 명에 따라 여섯 문 중 한 곳으로 보내집니다. 그럼 이제 심판은 다 끝난 것일까요? 아닙니다. 문을 열고 들어가기 전에 할 일이 더 남았습니다. 아직 저승시왕 중 세 왕을 만나지 않았으니, 그들을 만나러 가야 합니다. 죄 지은 사람이 죄를 덜 수 있는 기회는 아직 세 번이나 남아 있습니다.

평등대왕

"여기서는 누구나 똑같은 대접을 받을 것이니라. 살았을 때 태양처럼 높은 자리에 있던 사람도 얻어먹는 거지와 같을 것이며, 지혜로 세상을 놀라게 하던 사람도 젖먹이 어린아이와 같을 것이다."

평등대왕은 저승시왕 중 여덟째 왕으로서, 모든 사람을 한 치 차이도 없이 똑같이 대합니다. 다른 시왕도 다 그렇지만, 평등대왕은 특별히 공평무사한 신으로 이름나 있습니다.

죽은 이는 누구나 저승에 들어 첫 이레에 진광대왕을 만난 뒤로 일곱째 태산대왕을 만날 때까지 각 명부에서 이레씩을 머뭅니다. 하지만 평등대왕을 만나려면 죽은 지 백 날이 되기를 기다려야 합니다. 평등대왕은 너그럽고 인자하여 진심으로 죄를 뉘우치는 사람에게는 그 죄를 덜어 주는데, 그렇게 하려면 많은 날이 필요하기 때문입니다.

평등대왕을 만나러 가는 길에는 철빙산이라고 하는 큰 산이 있습니다. 이 산은 너비가 오백 리나 되는 큰 산으로, 온통 두꺼운 얼음으로 뒤덮여 있습니다. 얼음의 두께는 사백 리이며, 땅으로 솟아오른 얼음은 송곳처럼 날카롭습니다. 매운 바람에 얼음이 부서지면서 갈날 같은 얼음비가 내리기도 합니다. 지나가는 사람은 살을 에는 듯한 추위에 온몸을 사시나무 떨 듯하면서 한 걸음 한 걸음 천천히 발을 내딛지만, 그마저도 평탄한 길은 아닙니다. 곳곳에 얼음구멍이 있어, 발을 헛디디면 깊디깊은 얼음구덩이에 빠지고 말지요.

이 철빙산도 물론 생전에 죄를 많이 지은 사람만이 지나갑니다. 지나가는 동안 추위와 배고픔을 느끼며 이승에서 남에게 끼친 고통을 돌려 받으라는 뜻입니다. 평등대왕은 어쩌면 죄인에게 벌을 주려는 것이 아니라, 뉘우치는 기회를 주려고 하는지도 모릅니다. 어쨌든 갖은 고생 끝에 철빙산을 지나 죽은 지 백 날째가 되면 그제야 평등대왕을 만나게 되지요. 하지만 진실로 뉘우친 사람은 오래 참은 보람이 있습니다. 평등대왕의 자비로 죄를 덜게 되니까요.

도시대왕

"부지런히 마음을 닦고 공들여 일하라. 아직 뉘우칠 기회는 많으니라."

도시대왕은 저승시왕 중 아홉째 왕입니다. 도제왕 또는 도조왕이라고도 하는데, 죽은 이가 얼마나 마음을 잘 닦고 열심히 일하는지를 살펴 그 죄를 덜어 줍니다.

죽은 이는 시왕 중 여덟째 왕인 평등대왕을 만난 뒤로 한 가지씩 일을 맡아 꾸준히 이루어야 합니다. 손재주 많은 이는 집과 탑을 만들고, 힘이 센 이는 산을 헐어 길을 닦습니다. 글재주 있는 이는 이야기와 노래를 쓰고, 목청 좋은 이는 고운 노래를 부릅니다. 저승에도 산과 들, 강과 바다가 있어 농사를 짓거나 고기를 잡는 일도 할 수 있지요. 게으름을 피우지 않고 부지런히 일하되, 자기 욕심만 차리지 않고 남과 사이좋게 일한 이는 반드시 큰 공을 이루게 됩니다.

이 모든 것을 도시대왕이 지켜봅니다. 하지만 그윽이 지켜볼

뿐, 금방 나타나지 않습니다. 죽은 이가 도시대왕을 만날 수 있는 날은 죽은 지 일 년이 되는 날입니다. 그때까지는 묵묵히 맡은 일을 해야 합니다. 살아생전 아무리 죄를 많이 지은 사람이라도 이때 마음을 반듯하게 닦고 부지런히 일하여 큰 공을 이룬다면 죄를 덜 수 있습니다. 그렇게 되면 태산대왕을 만났을 때 정해진 문도 바뀌어 더 좋은 곳으로 갈 수 있지요.

하지만 아직도 잘못을 뉘우치지 못하고 게으름을 피우거나 남을 해코지하는 사람은 도시대왕의 벌을 피할 수 없습니다. 도시대왕은 죄인을 차가운 얼음산에 가둡니다. 얼음산은 사방이 얼음으로 뒤덮여 빠져나갈 구멍도 없습니다. 죄인은 추위에 떨며 도시대왕에게 자비를 베풀어 달라고 애원하지만 이미 때는 늦었습니다.

하지만 아직도 기회는 있습니다. 저승시왕 중 마지막 왕인 전륜대왕을 만날 일이 남았기 때문입니다. 얼음산에 갇힌 죄인도 일 년만 더 참고 견디면 거기에서 풀려나 전륜대왕을 만나러 갈 수 있습니다.

전륜대왕

"너희들은 이제 이승을 떠나 저승에 든 지 두 해가 지났다. 햇수로는 삼 년째이며, 그 동안 달은 스물네 번 바뀌었고 날은 칠백서른 번 지나갔다. 그리고 아홉 왕을 만나 아홉 번 심판을 받았다. 이제 마지막으로 너희들이 갈 길을 정해 주겠노라."

길고 긴 여정 끝에 죽은 이는 드디어 전륜대왕을 만납니다. 전륜대왕은 저승시왕 중 열째 왕으로서, 죽은 이의 마지막 갈 길을 정해 보냅니다. 이미 태산대왕이 정해 준 문이 있으나, 그 뒤의 형편을 보아 바꿀 만한 것은 바꾸어서 보내는 것이지요.

살아생전 그릇된 일을 하지 않고 착한 일을 많이 하였거나 마음이 티 없이 깨끗한 이는 천상문을 통해 하늘 세상으로 갑니다. 하늘 세상에는 옥황상제가 사는 옥황궁이 있습니다. 거기에서 하늘나라 백성으로 편히 살거나, 옥황상제로부터 벼슬을 받아 옥황궁 관리가 되기도 하지요.

죄가 아주 가볍거나 잘못을 뉘우치고 새사람으로 거듭난 이는

인간문으로 들어가 사람으로 다시 태어
납니다. 전륜대왕은 사람의 형편을 하
나하나 살펴서, 전생에 가난했던
이는 부잣집에 태어나게 해주고
천대받던 이는 벼슬하는 집에 태
어나게 해줍니다.

아직 죄가 남아 있는 이는
그 가볍고 무거움에 따라 아수
라문, 축생문, 아귀문, 지옥문으
로 들어가게 됩니다. 아수라문으
로 들어가면 밤낮으로 싸움하는 곳
에 이르고, 축생문으로 들어가면은 짐승이 되어 다시 태어나지
요. 아귀문은 먹어도 먹어도 배고프고 마셔도 마셔도 목마른 곳
으로 통하고, 지옥문은 말 그대로 땅 속의 검은 감옥으로 통하는
문입니다.

전륜대왕은 시왕 중 마지막 왕답게 틀거지가 근엄합니다. 하지
만 지옥에 들어가 고통 받을 사람들을 생각해서 그런지 늘 슬픔
에 젖어 있습니다. 만약 인간세상 사람들이 모두 마음이 착하고
깨끗하여 죽은 뒤 지옥에 드는 이가 한 사람도 없다면, 그때는 전
륜대왕의 얼굴에도 웃음이 피어날지 모릅니다.

강림도령

"아무개야, 아무개야, 아무개야. 네 수명이 다했으니 나를 따라 저승으로 가자꾸나."

사람이 죽을 때가 되면 저승차사가 찾아옵니다. 차사가 문 밖에서 망자의 이름을 크게 세 번 부르면 그 사람의 넋이 빠져나오지요. 그렇게 빠져나온 넋은 저승차사와 함께 머나먼 저승길을 떠납니다. 저승차사는 언제나 셋이서 함께 다니는데, 강림도령이 그중 가운데에 섭니다. 일직차사 해원맥과 월직차사 이덕춘은 언제나 강림도령 왼쪽과 오른쪽에 서서 그를 도와주지요.

강림도령은 본디 인간 땅 동정국 김치고을에 사는 총각이었습니다. 한 동네 사는 과양상이가 아들 셋을 한꺼번에 잃고 고을 원님에게 억울함을 호소하자, 원님은 강림도령을 불러 염라대왕을 잡아 오게 합니다. 강림도령은 원님의 명을 받고 집을 떠나 머나먼 저승길을 혼자 가며 갖은 고생을 다 합니다. 드디어 염라대왕을 만나 함께 가기를 청하지만, 대왕은 시왕맞이 굿을 얻어먹고

갈 터이니 먼저 가서 기다리라고 합니다. 김치고을에 돌아온 강림도령은 염라대왕을 잡아 오지 못한 죄로 끌려가지만, 때마침 나타난 염라대왕 덕에 목숨을 건집니다. 염라대왕은 과양상이가 오래전 범을임금의 세 왕자를 죽인 것을 밝혀 내고, 그들의 목숨을 살려 준 다음 저승으로 돌아갑니다. 이때 염라대왕은 힘 세고 담 큰 강림도령을 저승으로 데려가 차사로 삼습니다.

저승차사가 어느 집에 들어가려고 하면, 집을 지키는 신들이 집주인을 위해 이들을 막습니다. 대문은 문왕신이, 뒷문은 뒷문신이, 부엌은 조왕신이, 마굿간은 마부왕이 지킵니다. 들어갈 곳을 못 찾은 저승차사는 드디어 지붕 용마루로 들어갑니다. 그러니까 누구든지 저승차사의 부름을 피할 수는 없습니다.

저승차사는 남색 바지에 흰색 저고리를 입고, 흰 버선에 자주색 행전을 차고, 미투리를 신고 까만 쇠털 벙거지를 쓰고, 모시 겹두루마기에 남색 쾌자를 걸치고 나타납니다. 옆구리에 붉은 오랏줄을 달고 팔뚝에 쇠팔찌를 찬 모습은 아주 서슬이 퍼렇지요.

일직차사

"어서 가자, 꾸물거릴 틈이 없다. 시왕님들이 기다리시니 바삐 걸어라."

일직차사 해원맥이 죽은 이를 재촉합니다. 일직차사는 저승차사 중 둘째로서, 언제나 강림도령의 왼쪽을 지킵니다. 강림도령의 오른쪽을 지키는 이는 월직차사 이덕춘이지요.

세 저승차사는 차림새도 똑같고 몸집도 비슷비슷해서 구별하기 쉽지 않습니다. 그래서 선 자리를 보고 누구인지를 가려냅니다. 가운데에 있으면 강림도령, 그 왼쪽에 있으면 일직차사, 오른쪽에 있으면 월직차사입니다.

세 저승차사는 힘도 세고 담도 큰 데다가 우락부락하게 생겨서 무서워 보이지만, 알고 보면 인정도 많고 눈물도 많고, 때로는 겁도 많은 신입니다. 또 그다지 영리하다고 할 수 없어서, 곧잘 엉뚱한 이를 잡아가 염라대왕 속을 썩이기도 합니다.

한 번은 참 가난한 집에서 아낙이 아기를 낳고 조리를 못해 숨이 오락가락하는 지경이 됐습니다. 그래서 저 승차사가 데려가려고 이 집을 찾아왔는데, 글쎄 문지방을 못 넘지 뭡니까. 왜인고 하니, 그 아낙 남편이 문지방을 베고 잠을 자는데, 워낙 몰골이 험해서 저 승차사들이 겁을 먹고 못 들어가는 게지요. 셋이 서로 "형님이 들어가세요.", "네가 들어가거라." 하다가 끝내 셋 다 못 들어가고, 다른 집에서 몸 푼 아낙을 대신 잡아갔다는 얘기가 있습니다. 남편 몰골이 너무 험하면 죽을 아내도 살리는가 봅니다.

일직차사 해원맥은 본디 월직차사와 둘이서 죽은 이를 저승에 데려가는 차사 노릇을 했는데, 강림도령이 염라대왕 잡으러 저승에 갈 때 도움을 준 인연으로 나중에 강림도령과 함께 삼차사가 되었습니다. 일직차사는 아흔아홉 저승길을 손바닥 보듯 훤히 꿰고 있습니다.

저승차사가 사람을 잘못 데려가면 반드시 이승으로 돌려보내 주는데, 이때 저승에 있는 곳간에서 노자를 내어 주기도 합니다. 사람마다 저승에 곳간이 있어 재물이 쌓이는데, 이승에서 남에게 베푼 것이 그대로 저승 곳간에 쌓입니다. 그래서 베푸는 이의 곳간은 꽉꽉 차고, 제 욕심만 차리는 이의 곳간은 텅텅 비게 되지요.

월직차사

"아이고 형님, 이번에도 삼천갑자 동방삭을 못 잡았으니 무슨 낯으로 대왕을 뵌단 말이오?"

월직차사 이덕춘은 저승 삼차사 중 막내입니다. 언제나 강림도령 오른쪽에서 길을 인도하지요. 저승 일보다는 이승 일을 더 잘 알아서 이승차사라고도 합니다.

저승차사들이 이승 사람에게 대접을 받으면 그 사람을 저승에 못 데려가는 법이 있습니다. 그래서 염라대왕은 늘 "이승에 가면 어떤 음식도 먹지 말고 어떤 옷도 입지 말며 어떤 신도 신지 말라." 신신당부를 하지만, 차사들은 곧잘 그 당부를 잊어버립니다.

그래서 가끔 자기 수명을 아는 이가 저승차사가 올 때를 기다려 집 밖에 상을 차려 놓기도 합니다. 상에는 따뜻한 밥 세 그릇과 새 옷 세 벌과 짚신 세 켤레를 차려 놓지요. 저승차사들이 오다가 그걸 보고 말합니다.

"야, 배가 고프던 차에 잘 됐군."

"야, 날이 춥던 차에 잘 됐군."

"야, 발이 아프던 차에 잘 됐군."

이렇게 밥을 먹고 옷을 입고 신을 신고 나면, 사람이 나타나 외칩니다.

"아무 데 사는 아무개가 차사님 대접이오."

세 차사는 깜짝 놀라 머리를 맞대고 의논을 합니다. 자기들을 대접한 사람은 못 잡아가니까 대신 다른 사람이나 짐승을 잡아가지요. 이렇게 해서 수명을 늘린 사람 중에는 삼천갑자 동방삭도 있습니다.

동방삭이 번번이 숨어서 수명을 늘리자, 저승차사들은 드디어 한 가지 꾀를 냈습니다. 숯을 한 가마니나 사서 강가에 놓고 하나하나 씻기 시작한 것이지요. 지나가던 사람이 그걸 보고 묻습니다.

"여보, 거기서 뭣들 하는 게요?"

"보다시피 검은 숯을 하얗게 만들려고 물에 씻고 있지요."

"거참, 내가 삼천갑자를 살아도 숯 씻는다는 말은 처음 듣네."

"네 이놈, 네가 바로 동방삭이로구나."

이렇게 해서 동방삭을 잡았다는 이야기가 있습니다.

바리데기

"내 일찍이 아버지 약을 구하러 서천서역국 동대산에 갈 때 땅길로 천 리, 물길로 천 리를 가며 안 해본 고생이 없느니라. 사람의 한평생도 이와 같지 않겠느냐? 살아서 고생한 이는 저승길이 편할 것이요, 살아서 놀고 먹은 이는 저승길이 곧 고생길이 될 것이다."

바리데기는 바리공주라고도 하며, 죽은 이를 저승길로 인도하는 신입니다.

바리데기는 본디 삼나라 오구대왕의 일곱째 딸로 태어났지만, 바라던 아들이 아니라는 까닭으로 아버지한테서 버림을 받습니다. 포대기에 싸여 옥함에 든 채 강물에 띄워지지요. 하지만 비리공덕 할아버지 할머니의 도움으로 목숨을 건져 씩씩한 처녀로 자랍니다.

오구대왕이 몹쓸 병에 걸리자, 여섯 딸에게 서천서역국 동대산 약물을 떠 올 것을 청하지만 모두 거절합니다. 이때 일곱째 딸 바리데기가 돌아와 자기가 약물을 뜨러 가겠다고 나섭니다. 바리데기는 갖은 고생 끝에 동대산에 닿긴 했지만, 물 값, 길 값, 구경 값을 가져오지 않은 탓에 약물을 뜨지 못합니다. 하릴없이 산지기 동수자와 혼인하여 삼 년을 살면서 나무하고 물 긷고 불 땔 때는 수고를 한 끝에 약물을 떠서 집으로 돌아오지요.

하지만 때는 늦었습니다. 이미 오구대왕은 죽어서 상여에 실려 나옵니다. 바리데기는 다섯 가지 환생꽃으로 아버지를 살려내고, 나중에 옥황상제의 명으로 죽은 이를 저승으로 이끄는 신이 되었습니다.

바리데기는 일찍이 사람이 가기 힘든 멀고 험한 길을 가면서 온갖 고생을 다 했습니다. 그래서 못 가는 길이 없고 못 하는 일이 없지요. 저승길이라고 해서 겁내지도 않습니다. 이것이 바리데기가 죽은 이를 저승으로 인도하는 신이 된 까닭인지 모릅니다.

바리데기는 무당의 시조로 모셔지기도 합니다. 모든 무당의 조상뻘이 되는 것이지요. 죽은 아버지를 살려내고 병을 고쳤기 때문에 무당의 권능을 가지고 있다고 본 것입니다. 바리데기가 때때로 철릭과 쾌자를 입고 언월도와 삼지창, 방울과 부채를 들고 춤추는 모습으로 그려지는 것은 이 때문입니다.

비리공덕

"저승길이라고 이승길과 다를쏘냐. 혼자 가겠다고 내빼지 말고 남들과 함께 가야 하느니라. 많이 가진 이는 못 가진 이에게 나누어 주고, 많이 아는 이는 모르는 이에게 가르쳐 주어라."

비리공덕은 저승길을 지키며 노제를 주관하는 신입니다. 사람이 죽어서 장례를 치를 때 상여가 가는 길 군데군데 음식을 차려 놓고 제사를 지내기도 하는데, 이를 노제라고 합니다. 비리공덕은 이 노제 음식을 받아 먹으며 혼령을 달래고 이끌어 주는 일을 합니다.

비리공덕은 두 신을 함께 가리키는 이름입니다. 한 신은 할아버지요 한 신은 할머니인데, 둘은 언제나 함께 다닙니다. 본디 두 노인은 빌어먹는 떠돌이인데, 어떤 마을에 갔다가 사람들이 강물에 떠내려 온 옥함을 주워 놓고 웅성거리는 것을 봤습니다. 마을 사람들이 아무리 애를 써도 옥함이 안 열렸는데, 비리공덕 할아버지 할머니가 가까이 다가가니 거짓말처럼 스르르 열렸습니다.

이 인연으로 비리공덕 할아버지 할머니는 바리데기를 맡아 기르게 되었습니다. 나중에 바리데기가 서천서역국 동대산에 약물 뜨러 갈 때, 어떤 어려움에도 굽히지 않고 꿋꿋하게 모험을 끝낸 것은 두 노인이 훌륭하게 키워 준 덕분입니다.

비리공덕은 저승길에 든 사람도 남을 섬겨야 한다고 가르칩니다. 이런 이야기도 있습니다. 옛날에 부자와 가난뱅이가 한 날 한 시에 죽어서 저승길을 가는데, 부자는 살아생전 염불을 잘 하고 가난뱅이는 아무 것도 몰랐습니다. 가난뱅이가 염불 좀 가르쳐 달라고 하자, 부자는 귀찮아서 "가난뱅이가 무슨 염불?" 하고 말했습니다. 가난뱅이는 그게 염불인 줄 알고 "가난뱅이가 무슨 염불" 아홉 자를 지성으로 외웠는데, 그걸 본 비리공덕이 부자는 지옥으로 보내고 가난뱅이는 꽃방석에 앉혔답니다.

바리데기가 죽은 이의 혼령을 저승길로 인도하는 신이라면, 비리공덕은 저승길 가는 사람을 바르게 이끌어 주는 신이라고 할 수 있습니다.

불교에서 보는 저승세계

임종 죽은 사람은 산 사람의 배웅을 받으며 이승을 떠나 저승으로 듭니다.

업칭 저승시왕 중 넷째 왕인 오관대왕이 저울로 죄의 무게를 답니다.

귀왕 죄인이 귀왕에게 잡혀 지옥으로 끌려갑니다.

수미산 옛날 사람들이 세상 한가운데에 높이 솟아 있다고 믿은 산입니다.

아귀 아귀가 사는 곳은 아무리 먹어도 배가 고프고, 아무리 마셔도 목이 마르답니다.

심판 이승에서 죄를 지은 사람은 저승에서 큰 고통을 받습니다.

지옥문 지옥으로 들어가는
문입니다.

짐승 죄를 지은 사람은 사나운 짐승에게
고통을 당하기도 합니다.

지옥 지옥에 든 죄인의 모습입니다.

육도 지은 죄의 무게에 따라
여섯 가지 세상으로 번갈아
들어갑니다.

부처님 석가모니 부처님은
이 모든 일을 주관합니다.

윤회 지옥에서 죗값을 치른 뒤 사람이나
짐승으로 다시 태어납니다.

반야용선 중생을 고통 없는 세상으로
실어 나르는 배입니다.

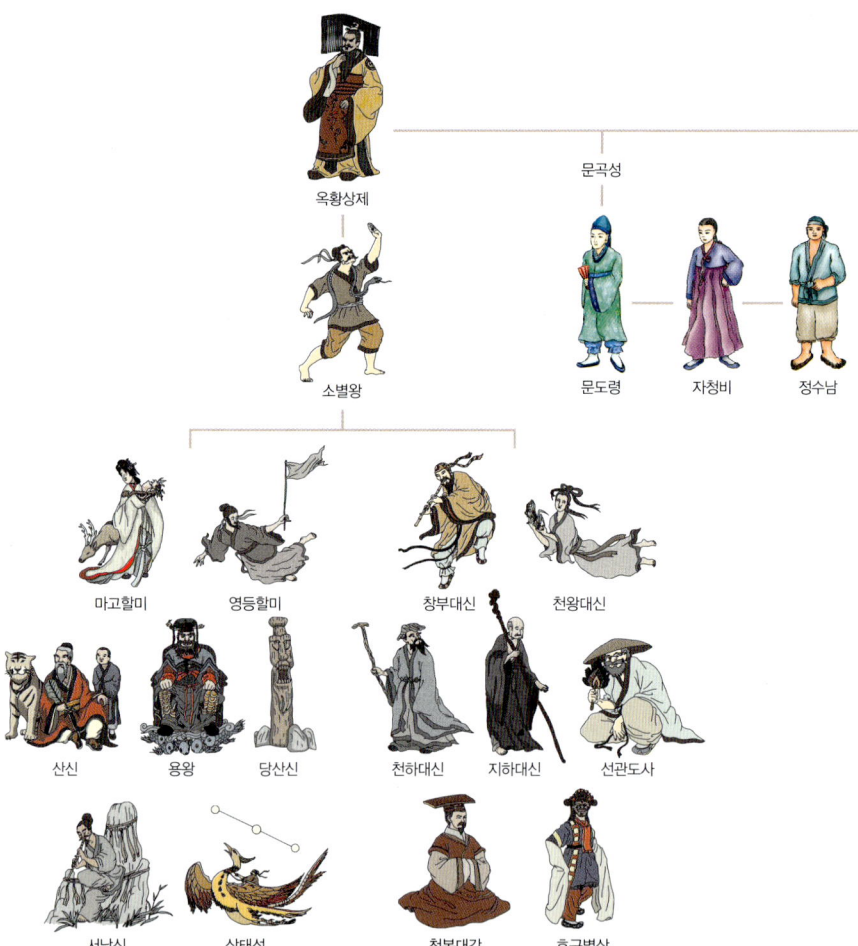

옥황상제

문곡성

소별왕

문도령　　자청비　　정수남

마고할미　　영등할미　　　　창부대신　　천왕대신

산신　　　용왕　　　당산신　　　천하대신　　지하대신　　선관도사

서낭신　　　삼태성　　　　천복대감　　호구별상

이승신

저승과 맞서는 세상으로 이승이 있는데, 이곳을 다스리는 신들을 여기에 모았습니다.
이승은 산 사람이 어울려 살아가는 곳이므로 일도 많고 탈도 많아, 자연히 여기에 얽힌
신도 많습니다. 세상이 만들어지고 만물이 번성하는 일, 사람이 태어나 자라고
늙고 병들어 죽는 일, 농사와 고기잡이와 점치는 일과 풍류를 즐기는 일에 이르기까지
이를 주관하는 신이 다 따로 있습니다. 이 신들은 사람의 길흉화복을 다스리며
눈물과 웃음을 준, 백성들의 삶 가까이 있었던 신이라 하겠습니다.

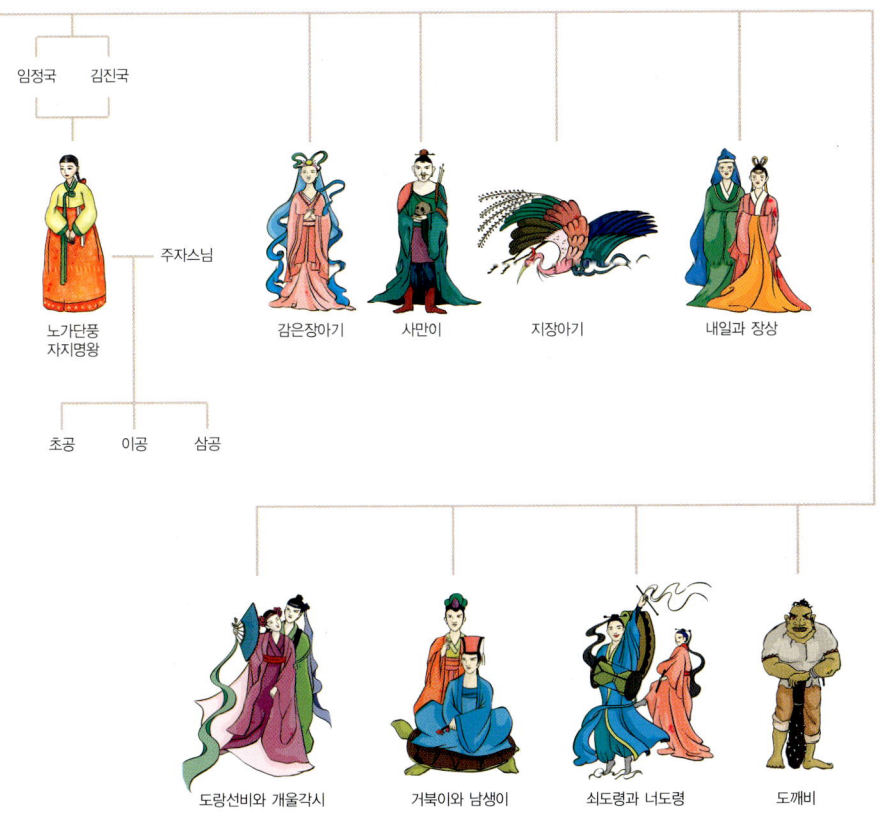

임정국   김진국

주자스님

노가단풍
자지명왕

감은장아기   사만이   지장아기   내일과 장상

초공   이공   삼공

도랑선비와 개울각시   거북이와 남생이   쇠도령과 너도령   도깨비

마고할미

"산이 높다 하느냐? 내 발 아래 있느니라. 바다가 깊다 하느냐? 내 정강이에 차느니라. 내 앉은 자리는 들이 되고, 내 디딘 발자국은 못이 되었다. 내가 떨어뜨린 돌은 섬이 되고, 내가 쌓은 흙은 산이 되었다."

마고할미는 몸집이 어마어마한 거인입니다. 몸집만 큰 게 아니라 힘도 엄청나게 세어서 산과 골짜기, 강과 호수, 동굴과 섬 같은 것을 마음대로 만들 수 있습니다. 우리 나라 곳곳에 마고할미가 만들었다는 땅덩어리가 많은 걸 보면, 이 세상 모든 것을 마고할미가 만든 게 아닌가 싶습니다.

　강화도 앞바다에는 정포라는 곳이 있는데, 바닷물이 무척 깊습니다. 옛날 마고할미가 온 바다를 돌아다녔는데, 아무리 돌아다녀도 물이 발등에도 차지 않았습니다. 그러다가 강화도 앞바다에 이르자 물이 정강이까지 쑥 들어갔습니다. "아이쿠, 여기가 정통이구나." 그래서 그곳이 정포가 됐다고 합니다.

제주도 서귀포 앞바다에 있는 섶섬에는 커다란 동굴이 두 개 있습니다. 제주도의 마고할미라고 할 수 있는 선문대할망은 한라산을 베개 삼아 누우면 발끝이 바다에 닿아 물장구를 쳤습니다. 하루는 발을 쭉 뻗으며 기지개를 켰는데, 그 바람에 발가락 끝이 섶섬에 닿아 동굴이 뚫렸습니다. 선문대할망이 빨래를 할 때 한쪽 발은 한라산을 디디고 한쪽 발은 관탈섬을 디뎠다고도 합니다.

　　옛날에 마고할미가 동해바다와 서해바다를 디디고 서서 손으로 땅을 죽 훑었는데, 그게 산줄기가 됐다는 이야기도 있습니다. 마고할미의 오줌은 강이 되고, 숨결은 바람이 되어 땅 모양을 바꾸어 놓았다고도 합니다. 우리 나라 서쪽과 남쪽 바닷가에는 섬이 많은데, 이게 다 옛날 마고할미가 치마폭에 돌을 넣어 나르다가 바다에 떨어뜨린 것이라고 하네요.

　　마고할미는 곳에 따라 마고할멈·마귀할멈·선문대할망과 같은 이름으로 불리지만, 다 같은 거인 할머니입니다. 이 세상을 만들어 준 마고할미를 잊지 말아야 할 것입니다.

영등할미

"굴을 따고 싶으냐? 전복을 따고 싶으냐? 이월 초하루 내가 오는 날을 잊지 말고 제를 지내 주면 그 소원을 이룰 것이다. 일찍이 내 한 몸 희생하여 사람들을 구했으니, 그것이 곧 내가 할 일이다."

영등할미는 바다를 지키는 신으로서, 보통 바닷말이나 조개 같은 먹을거리를 주관하는 것으로 알려져 있습니다. 곳에 따라서는 고기잡이와 농사를 잘 되게 하는 신으로 섬겨지기도 합니다.

영등할미는 본디 용궁 선녀였는데, 고기잡이 배가 풍랑을 만나 외눈박이 섬으로 가는 일이 잦아지자 그 섬으로 가 사람들을 구하는 일을 했습니다. 외눈박이 섬은 사람을 잡아먹는 괴물인 외눈박이들이 모여 사는 곳입니다. 풍랑을 만나 이곳으로 온 사람들은 외눈박이들에게 잡아먹힐 위험에 빠지지만, 그때마다 영등할미의 도움으로 그곳을 빠져나올 수 있었습니다. 마침내 영등할미가 외눈박이들에게 잡혀 죽음을 맞게 되자, 사람들은 은혜를

114

갚을 길을 물었습니다. 영등할미는 해마다 이월 초하
룻날 제를 올려 자신의 넋을 위로해 달
라고 말했습니다.

　영등할미는 보통 음력 2월 초
하룻날 마을에 들어왔다가
이월 보름날 나갑니다. 그
래서 바닷가 마을에서는 2
월을 영등달이라 하기도 합니다. 2월이
되면 보말이라는 조개의 속이 다 비는데, 이는 영등
할미가 오면서 속을 다 까먹었기 때문입니다. 이때는 배를 타고
바다에 나가면 안 된다는 말이 있습니다. 왜냐하면 영등할미가
바다를 비운 까닭에 배가 외눈박이 섬에 잡혀갈지 모르기 때문입
니다. 빨래를 해서도 안 되는데, 만약 빨래를 하면 집에 구더기가
생긴다고 합니다.

　영등할미는 다른 말로 영동할멈·풍신할멈·영동바람·영동마고
할미라고도 합니다. 이른 봄 바닷가 마을에 찾아오는데, 옛날부
터 바닷가 아낙들은 물질뿐 아니라 쑥을 뜯거나 봄나물을 캐면서
도 영등할미에게 복을 달라고 빌었습니다. 영등할미는 언제나 가
난한 백성들을 도와주는 마음씨 좋은 할머니 신입니다.

이승신　115

산신령

"나는 산을 지키는 신이지만, 산만 지키는 것이 아니라 사람의 마음까지 지키느니라. 착한 일을 하는 사람에게 상을 주고 나쁜 짓을 하는 사람에게 벌을 주는 일도 다 내 소관이니라. 누구든지 무슨 일이든지 내가 있는 곳을 보고 마음을 가다듬은 뒤에 행하라."

산이 있는 곳이면 어디든지 산신령이 있습니다. 산신령은 산을 지키지만, 혼자서 세상 모든 산을 지키는 건 아닙니다. 산마다 지키는 신령님이 다 따로 있지요. 백두산 신령님, 금강산 신령님, 지리산 신령님이 다 따로 있는 것입니다.

이런 이야기도 있습니다. 지금 전라도에 있는 지리산은 본디 강원도에 있었다고 합니다. 그런데 왜 전라도로 가게 됐는고 하니, 임금한테 잘못 보여 귀양을 가서 그렇답니다. 옛날, 어떤 임금이 다른 임금을 몰아내고 스스로 임금 자리에 올랐습니다. 그리고 온 나라 산신령을 다 불러모아서 잔치를 베풀었습니다. 자신이 임금 된 것을 스스로 축하하는 잔치였지요. 온 나라 산신령이 다 그 잔치에 갔는데, 딱 한 산신령만은 가지 않았습니다. 바로 지리산 신령이었습니다. 임금은 노해서 지리산 신령을 전라도로 귀양 보냈고, 지리산도 신령님을 따라 전라도로 내려갔다는 것입니다.

산신령은 보통 노인의 모습으로 나타납니다. 머리칼도 하얗고 수염도 하얀 할아버지 모습이지요. 곧잘 호랑이를 탄 모습으로도 나타나는데, 이때 호랑이는 산신령을 호위하는 신장입니다. 더러는 산신령 자신

이 호랑이 모습으로 둔갑해서 사람들 앞에 나타나는 경우도 있는데, 이 경우 호랑이는 사람을 해치지 않고 도와줍니다. 효자 효녀를 도와 귀한 물건을 구해 준다든지, 등에 업고 먼 곳에 데려다 준다든지 하는 것이지요.

산신령님은 종종 사람들의 잘잘못도 가려 줍니다. 옛이야기 중에 산짐승을 돌봐 준 착한 나무꾼이 산신령님께 보물을 얻는다는 이야기도 있고, 욕심을 부리던 스님이 꿈 속에 나타난 산신령님의 충고를 무시했다가 밤중에 호랑이에게 물려갔다는 이야기도 있는 걸 보면 틀림없이 그렇습니다.

용왕

"나는 물을 지키는 신으로, 물과 하늘의 조화가 나로부터 나오지 않은 것이 없다. 내 마음이 즐거우면 물결이 잔잔하고 하늘은 맑을 것이요, 내가 노하여 소리치면 풍랑이 일고 비바람이 칠 것이다. 신들의 세상에서 내 이름이 알려지지 않은 곳이 없으니, 나를 모르고서 감히 신을 안다고 하지 말라."

산이 있는 곳에 산신령이 있는 것처럼, 물이 있는 곳에는 용왕이 있습니다. 용왕도 산신령과 마찬가지로 곳곳마다 지키는 신이 다릅니다. 동해용왕·서해용왕·남해용왕이 다 따로 있고, 강마다 웅덩이마다 지키는 용왕이 다 따로 있지요. 집지킴이신 중에도 용왕이 있는데, 이때 용왕은 집안의 우물을 지킵니다.

옛날, 백두산 근처 마을에 동해 흑룡이 나타나 해코지를 하는 바람에 크게 가뭄이 들었습니다. 백장수라는 용감한 젊은이와 옥녀라는 아리따운 처녀가 힘을 합쳐 물줄기를 찾지만, 흑룡은 산사태를 일으켜 물줄기를 막아 버립니다. 백장수는 옥녀의 도움으

118

로 옥장천 샘물을 석 달 열흘 동안 마시고
천하의 장사가 되었습니다. 드디어 흑룡
과 싸워 이긴 백장수는 백두산 꼭대기
에 샘을 파기 시작했습니다. 삽이 얼
마나 컸던지, 흙 한 삽을 파서 던지면
산이 하나씩 생겼습니다. 흙 열여
섯 삽을 파 던지니 백두산 둘레에
는 열여섯 봉우리가 생겼고, 꼭대
기에는 커다란 호수가 생겼습니다.

이것이 천지입니다. 백장수는 다시는 흑룡이 해코지하지 못하게
천지 속에 궁궐을 짓고 그곳을 굳게 지켰는데, 이이가 바로 백두
산 천지용왕입니다.

　용왕은 물결이 이는 것과 날씨를 주관하여 비바람을 마음대로
부립니다. 바다에 물결이 일거나 홍수나 가뭄이 드는 것은 다 용
왕의 조화이지요. 뱃사람들은 풍랑이 일거나 큰비가 오면 용왕
에게 제사를 지내 날씨를 좋게 해 달라고 빌었습니다. 우리가 잘
아는 심청전의 심청도 뱃사람들의 제사에 제물로 팔려갔던 것입
니다.

　용왕은 인자하여 물고기나 짐승의 목숨을 살려 주는 이에게는
반드시 보답을 합니다. 용왕의 아들딸은 흔히 잉어나 자라의 모
습으로 물 밖에 나오는데, 이들을 살려 주었다가 용궁에 초대받
아 진귀한 보물을 얻은 사람 이야기가 많습니다.

서낭신

"이곳을 지나는 이는 반드시 기척을 내되 소리를 낮추어 나를 놀라지 말게 할 것이며, 돌을 바쳐 나에게 인사하여라. 그러면 화는 멀리 가고 복은 가까워지리라. 길 가는 나그네는 해가 저물어도 걱정하지 말라. 이제 마을이 멀지 않느니라."

옛날에는 마을로 접어드는 고갯마루에 어김없이 서낭당이 있었습니다. 서낭당은 서낭신을 모신 사당으로, 보통은 오래된 나무 곁에 돌무더기를 쌓아 놓은 모양입니다. 나뭇가지에는 오색 헝겊을 매달아 놓고, 더러는 장승이 서 있는 경우도 있었지요. 서낭당은 보통 마을 어귀에 있었으므로, 길 가는 나그네도 서낭당을 보고 마을이 멀지 않았음을 알았습니다.

　서낭당에 얽힌 이야기는 많습니다. 옛날 어느 마을에 한 처녀가 살았는데, 하루는 우물에 물을 길러 갔다가 해가 뜬 물을 한 바가지 마셨습니다. 그러고 나서 배가 불러 오더니 달이 차서 아이를 낳았습니다. 처녀 집에서는 부끄러운 일이라 하며 아이를 산에 내다버리게 했습니다. 버려진 아이는 산 속에서 뭇 짐승의 보살핌을 받으며 살았습니다. 밤이면 길짐승들이 품어 주고, 낮이면 날짐승들이 먹이를 물어다 주었지요. 아이는 자라서 스님이 되고, 죽어서는 서낭신이 되었습니다.

서낭신은 남자이기도 하고 여자이기도 합니다. 만약에 서낭신이 총각이나 처녀의 몸으로 들면, 마을 사람들은 죽은 이의 혼령과 짝을 지워 주기도 했습니다. 옛날이야기에 보면 남자 서낭신이 마을 처녀와 혼인하는 이야기도 있습니다. 이때 서낭신은 자기 중매를 자기가 서는데, 만약에 거절당하면 호랑이로 변해 처녀를 물어 가기도 합니다.

서낭당을 지나는 사람들은 반드시 헛기침을 하고 돌을 던졌습니다. 또는 나무에 절을 하거나 침을 세 번 뱉기도 하였습니다. 이렇게 하는 것은 모두 액을 물리고 복을 받기 위한 것입니다. 마을에 큰 일이 생기면 서낭당에 굿을 하고 제를 올리기도 했습니다. 사람들은 서낭당 나무를 함부로 베거나 그곳에 있는 물건을 건드리면 동티가 난다고 믿었기에 아주 조심하였습니다.

삼태성

"사람이 태어나 자라고 늙고 병들고 죽는 것이 모두 나에게 달린 것이다. 인간세상의 좋고 나쁜 일, 경사스러운 일과 궂은 일은 모두 내가 뽑는 빛으로 점칠 수 있다. 사람은 누구나 화와 복을 함께 가지고 태어나니, 운명을 거스르지 말고 언제나 적선하며 삼가라."

북두칠성 아래 마치 사슴이 뛰어간 발자국처럼 연달아 있는 세 쌍의 별이 삼태성입니다. 삼태성은 별자리 이름이기도 하지만, 그 별에 깃든 신의 이름이기도 합니다. 삼태성은 하늘나라와 옥황상제를 상징하는 별이기도 한데, 그 때문에 하늘에서 죄를 짓고 인간세상에 귀양 오는 선인은 대개 몸에 삼태성이 박혀 있지요.

옛날 한 어머니가 아들 세 쌍둥이를 낳았습니다. 아이들은 여덟 살 되던 해 세상을 구할 재주를 배우려고 집을 떠났습니다. 삼형제는 십 년 만에 집으로 돌아왔는데, 과연 저마다 훌륭한 재주를 배워 가지고 왔습니다. 맏이는 방석을 타고 하늘을 나는 재주

124

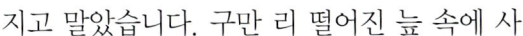

를 배웠고, 둘째는 한 눈으로 구만
리를 보는 재주를 배웠으며,
막내는 활로 무엇이든지 맞
추는 재주를 배웠습니다.

하루는 비바람이 거세게
몰아치더니 하늘에 해가 없어
지고 말았습니다. 구만 리 떨어진 늪 속에 사
는 흑룡이 해를 삼켜 버렸기 때문이지요. 둘째가 밝은 눈으로 흑
룡이 있는 곳을 알아내자, 삼형제는 함께 맏이의 방석을 타고 구
만 리를 날아갔습니다. 셋이서 힘을 합쳐 흑룡과 싸운 끝에, 드디
어 흑룡으로 하여금 삼킨 해를 도로 토해 내게 하였습니다. 하늘
에는 다시 해가 떠올랐고 흑룡은 멀리 도망쳤습니다. 하지만 사
람들은 언제 다시 해를 도둑맞을지 몰라 불안해하였습니다. 그것
을 본 삼형제는 해를 지키려고 하늘에 올라가 삼태성이 되었다고
합니다.

옛날 사람들은 삼태성 별빛을 보고 길흉을 점쳤습니다. 별빛이
밝고 맑으면 나라가 태평하고 농사가 잘 된다고 믿었으며, 별빛
이 어둡고 흐리면 나라에 난리가 나거나 흉년이 든다고 믿었습니
다. 소원을 빌 때도 삼태성을 보고 비는 경우가 많았지요.

창부대신

"무릇 노래하고 춤추는 일은 사람이 신에게 말을 거는 법에서 비롯하였다. 본디 노래는 신의 소리를 흉내 낸 것이요 춤은 신의 몸짓을 흉내 낸 것이니, 이것이 없이 어찌 신을 감동시킬 것이냐? 사람들아, 노래하고 춤추어라. 부정은 멀리 가고 복이 다가올 것이다."

창부대신은 광대신이요 풍류신입니다. 노래하고 춤추는 모든 일을 주관하지요.

옛날부터 우리 나라 사람들은 노래와 춤을 즐겼습니다. 기쁜 일이 있어 함께 즐길 때에도, 슬픈 일이 있어 서로 위로할 때에도 노래하고 춤추며 마음을 나누었습니다. 하늘에 제사를 지낼 때에도 노래와 춤으로 신에게 자신들의 뜻을 나타냈습니다.

신라 때 동해용왕의 아들 처용은 왕을 따라 서라벌에 가서 아름다운 아내를 얻었습니다. 하루는 밤늦게까지 저자에서 놀다가 집에 들어가 보니 역병귀신이 아내와 함께 있었습니다. 이때 처

126

용은 화를 내거나 슬퍼하는 대신 노래하고 춤추며 그 자리를 물러났습니다. 이에 역병귀신이 감복하여 자신의 잘못을 빌고, 앞으로 처용이 있는 곳에는 다시 나타나지 않겠다고 맹세하였습니다. 그때 부른 노래가 '처용가'이며 그 춤이 '처용무'입니다. 이 이야기는 노래와 춤이 반드시 기쁘고 즐거울 때만 필요한 것이 아님을 말해 줍니다.

창부대신은 화랭이라고도 하며, 무당에게 노래하고 춤추는 재주를 내려줍니다. 여자 무당의 남편을 창부라고 하는데, 이들은 보통 굿판에서 악기를 연주하여 흥을 돋우는 일을 합니다. 창부대신의 이름도 여기에서 나온 것입니다. 재주 많은 광대가 죽으면 창부대신으로 모셔지기도 하는데, 이는 노래하고 춤추는 일에는 뭐니 뭐니 해도 광대가 으뜸이었기 때문입니다.

창부대신은 풍류를 다스릴 뿐 아니라 집안이나 마을에 드는 액을 막아 주기도 합니다. 일 년 열두 달 재수가 있게 해 달라고 비는 굿을 창부굿이라고 하는 것도 이 때문이지요. 서낭당 중에도 창부대신을 모신 곳이 있는데, 이를 창부서낭이라고 합니다. 굿이든 제사든, 창부대신이 오는 자리는 언제나 떠들썩하고 신명이 납니다.

천왕대신

"한 치 앞의 일을 내다보지 못하는 것이 사람이지만, 그로 말미암아 서러워하지 말라. 오히려 그 때문에 사람은 희망을 지니고 살아갈 수 있는 것이다. 다가올 일을 샅샅이 안다면 얼마나 따분한 세상이 될 것이냐? 하지만 하늘은 가끔 닥쳐올 일을 미리 알려주기도 하는 바, 점을 치는 것은 바로 이를 푸는 일이다."

천왕대신은 하늘에서 점치는 일을 주관하는 여신입니다. 점쟁이가 점을 쳐서 앞날을 예언하는 데 도움을 주는 신으로, 이와 같은 일을 맡아보는 신으로는 천왕대신 말고도 천하대신과 지하대신이 있습니다. '대신'이라는 이름에는 점을 친다는 뜻이 들어 있으며, 이 신들은 모두 무당이나 점쟁이에게 내려 점치는 일을 도와줍니다.

옛날에 어떤 점쟁이가 살았는데, 점괘가 신통하게 잘 들어맞아서 사람들이 모두 용하다고 했습니다. 그 소문을 들은 임금이 점쟁이를 불러 물었습니다.

"네 점이 그리 용하다니 한 가지 물어 보마. 이 상자 속에 무엇이 들어 있느냐? 만약 맞추면 살려 주려니와 못 맞추면 임금을 속인 죄로 죽음을 면치 못하리라."

점쟁이는 곧 점괘를 뽑아 보고는 쥐 일곱 마리가 들어 있다고 대답했지요. 하지만 상자 속에는 쥐가 한 마리 들어 있었습니다. 임금은 마리 수가 틀렸다면서 당장 점쟁이를 끌고 가 처형하라고 명령했습니다. 그런데 그 뒤 상자를 열어 본 임금은 점쟁이 말이 맞았음을 알게 되었습니다. 상자 속에 든 쥐는 새끼 밴 쥐였고, 그 사이 새끼 여섯 마리를 낳아서 모두 일곱 마리가 되었던 것입니다.

점을 치는 데는 신비로운 힘이 필요합니다. 그래서 무당이나 점쟁이들은 반드시 신의 힘을 빌어서 점을 쳤습니다. 점을 칠 때 나타나는 여러 징조는 신이 내린 신호라고 믿었던 것입니다. 천왕대신도 무당이나 점쟁이가 모시는 신 중의 하나입니다. 천왕대신은 하늘 신이므로 대개 하늘이 주관하는 일을 알려 줍니다. 비가 올 것인지, 날씨가 따뜻할 것인지, 농사가 잘 될 것인지, 바다에 풍랑이 일 것인지를 이제 천왕대신에게 물어 볼까요?

천하대신

"인간세상에 일어나는 일은 모두 그 길이 정해져 있으나, 다만 사람이 그것을 모르고 있을 뿐이다. 하지만 정해진 길이라도 달라질 수 있는 법, 누구든지 삼가고 또 삼가 마음을 깨끗이 하고 덕을 쌓으면 궂은일도 좋은 일로 만들 수 있느니라."

천하대신은 땅에서 점치는 일을 주관하는 신입니다. 땅에서 일어나는 일을 맡아 보기 때문에 사람들의 삶과 인연이 깊다고 할 수 있지요. 사람이 태어나서 죽을 때까지 생기는 모든 일이 땅에서 이루어지기 때문입니다.

요즈음에도 새해가 되면 재미삼아 토정비결이라는 것을 보는 사람들이 있습니다. 토정비결은 일 년 열두 달 운세를 적어 놓은 책인데, 옛날 '토정'이라는 호를 가진 도인이 쓴 책이라 해서 그런 이름이 붙었지요. 점치는 책이라 앞날을 예언하는 말이 적혀 있는데, 이를테면 삼월에는 경사스러운 일이 생길 것이고 오월에는 남한테서 험한 말을 들을 거라는 따위입니다.

이 책에 얽힌 이야기 중에는 이런 것도 있습니다. 토정 선생이 비결을 쓴 뒤 제자들에게 책 내용을 절대로 세상에 알리지 말라고 일렀습니다. 하지만 토정 선생이 세상을 떠나자 제자들은 그 말을 따르지 않고 책을 베껴 세상에 내놓았습니다. 그랬더니 책을 읽은 사람들은 도무지 일을 하려 들지 않았습니다. 사람의 운명은 다 정해져 있는데 부지런히 일한들 무슨 소용이냐는 것이었지요. 모두들 가만히 앉아서 다가올 운만 기다리니, 나라에서는 이래서는 안 되겠다 하고 『토정비결』을 모두 모아 불살라 버렸습니다. 책이 반쯤 탔을 때, 제자들은 책을 몰래 거두어 감추어 두었습니다. 그리고 불에 타 없어진 곳은 나중에 자신들이 마음대로 지어서 채워 넣었습니다. 그 때문에 토정비결에 적힌 예언은 맞기도 하고 틀리기도 한답니다.

점치는 일은 미래를 엿보는 일이지만, 미래는 얼마든지 달라질 수 있습니다. 그래서 천하대신도 마음을 깨끗이 하고 덕을 쌓으면 궂은일도 좋은 일로 만들 수 있다고 말합니다. 사람들에게 희망을 주고 바른 길로 이끄는 것이 신의 가장 중요한 임무인가 봅니다.

지하대신

"눈에 보이는 것만 있다고 믿지 말라. 눈에 보이지 않는 것도 얼마든지 있느니라. 어리석은 사람들은 욕심에 눈이 어두워 앞에 천 길 낭떠러지가 있어도 보지 못하니 안타까운 일이다. 죽음은 삶이 끝나는 곳이 아니라 새 삶이 시작하는 곳이다."

지하대신은 지하에서 점치는 일을 주관하는 신입니다. 지하의 일이라면 사람에게는 죽은 뒤의 일을 가리킵니다. 그래서 지하대신의 점치는 일은 병이나 액과 관계 있는 것이 많습니다. 병이 들거나 액이 들면 죽음에 이르기 때문이지요.

옛날부터 많은 점쟁이나 무당들이 점을 쳐서 사람들의 궁금증을 풀어 주었지만, 점이라고 해서 다 똑같은 것은 아닙니다. 오랜 옛날에는 하늘에 뜬 해와 달과 별의 모양이나 색깔을 보고 나라의 길흉을 점치기도 하고, 전쟁이 나면 소를 잡아 그 발톱을 보고 승패를 점치기도 했습니다. 민간에서는 까치가 울면 반가운 손님이 오고, 까마귀가 울면 나쁜 일이 생긴다는 믿음이 널리 퍼져 오늘날까지 전해지고 있습니다. 꿈풀이도 점치는 법 중 하나입니다. 나쁜 꿈일수록 좋은 일이 생길 징조라는 건 잘 알려진 해몽법이지요. 마을 사람들이 줄다리기 같은 놀이로 승패를 겨루어 그해 풍년이 들 것인지 아닌지를 점치기도 했고, 얼굴 모양이나 손금을 보아 그 사람의 운명을 짐작하기도 했습니다. 태어난 날과 시로 괘를 만들어 사주팔자를 보기도 했습니다.

점치는 일에 신의 권능을 필요로 하는 것은 신점인데, 무당이나 점쟁이가 신을 불러 궁금한 것을 물어 보는 것입니다. 이때 물어 보고자 하는 일에 따라서 여러 대신 중 한 신을 모시게 됩니다. 가령, 어떤 사람이 갑자기 병이 들어 고생한다면 지하대신을 모셔 놓고 그 까닭과 고칠 방도를 물어 보는 것이지요. 이때 신은 무당이나 점쟁이의 입을 빌어 직접 말을 하기도 하고, 쌀알 같은 물건으로 뜻을 나타내기도 합니다. 점괘로 신의 말을 들은 사람은 스스로 삼가고 조심하며 덕을 쌓아야 함은 물론입니다. 사람이 어떻게 하느냐에 따라서 병이 약이 되기도 하고 화가 복이 되기도 하니까요.

선관도사

"나는 본디 사람의 몸으로 세상에 태어났다. 살아생전 도를 닦아 천지만물의 이치를 깨달으려 했으나 뜻을 이루지 못했다. 그래서 도를 더 닦고자 죽은 뒤에도 저승에 들지 않고 이승에 몸을 두었으니, 혹 내가 무당의 입을 빌어 말을 해도 놀라지 말라."

선관도사는 사령신의 하나입니다. 사령신이란 일찍이 사람이었으나 죽은 뒤 혼령이 되어 이승의 일을 관장하는 신을 말합니다. 사람이 죽으면 보통은 혼령이 저승에 들지만, 이승에 두고 온 한이 너무 많거나 못다 이룬 일에 미련이 사무치는 혼령은 저승에 들지 못하고 이승을 맴돌게 됩니다. 산 사람한테 정성스런 제사를 받지 못한 혼령도 마찬가지입니다.

옛날 사람들은 이러한 사령신을 통틀어 귀신이라 했는데, 귀신이 사람 앞에 나타날 때는 반드시 그만한 까닭이 있는 거라고 믿었습니다. 옛날 어떤 고을에 원님이 새로 부임해 오기만 하면 그

날로 송장이 되곤 했습니다. 무슨 일인지 몰라도 동헌에서 하룻밤 자고 나면 변을 당하는 것이었습니다. 마침 담이 큰 선비 한 사람이 그 소문을 듣고 자원해서 그 고을 원님이 되어 갔습니다. 한밤중이 되자 아니나 다를까 소복을 한 처녀귀신이 나타났습니다. 그 모습이 너무 끔찍스러워 까무러칠 만했으나, 담이 큰 원님은 마음을 가다듬고 귀신에게 물었지요. "이런 모습으로 나타나 사람들을 놀라게 하는 까닭이 무엇인가?" 귀신은 억울하게 죽은 사연을 말하고, 자기의 한을 풀어 달라고 부탁했습니다. 날이 밝자 원님은 처녀를 죽인 범인을 잡아 벌을 주고, 처녀의 시신을 찾아 양지바른 곳에 묻고 정성껏 제사를 지내 주었습니다.

이와 같이 귀신은 사람을 해코지하기보다 도움을 청하려고 나타나는 경우가 많습니다. 선관도사도 사령신의 하나이지만 한을 품은 귀신은 아닙니다. 보통은 도를 닦는 신선의 모습으로 나타나며, 신비한 능력으로 사람들의 앞날을 예언해 주기도 하고 병과 액을 막아 주기도 합니다. 선관도사는 귀신의 몸으로 이승에 남은 까닭에 사람과 직접 말을 주고받을 수 없으므로 무당의 입을 빌어 말을 합니다. 많은 무당이 선관도사를 극진히 모시는 까닭은 이 때문입니다.

천복대감

"들어라, 가난한 백성들아. 몸뚱이 하나를 밑천 삼아 땀 흘려 일하여 목숨 잇고 살아가는 그대들에게 복을 안 주면 뉘게 복을 주랴? 걱정 말라. 가는 재수 잡아들이고 오는 재수 맞아들여 모아 주고 다져 주마. 병 없고 탈 없이 그저 일수 대길하게 마련해 주마."

천복대감은 집안의 평안과 재물을 다스리는 신입니다. 사령신의 하나로서, 보통 굿판에서 벌어지는 '대감거리'에 모셔집니다. '대감'은 옛날에 벼슬하던 남자를 일컫던 말이지만, 무속에서는 사령신의 별명입니다. 무당들이 모시는 대감에는 여러 종류가 있습니다. 예컨대 상산대감은 최영장군의 혼령이며 별상대감은 임금님의 혼령입니다. 오방신장을 돕는 신장대감도 있고, 신당을 지키는 전안대감도 있지요. 군웅대감은 벼슬한 조상의 넋이고, 몸주대감은 무당이 특별히 모시는 신령입니다.

대감신은 비록 귀신이지만 모습이 무섭거나 엄하지 않고 매우

136

친근합니다. 굿판의 대감거리는 보통 재미있는 놀이와 우스개가 곁들여지는데, 이는 대감신이 그만큼 백성들의 삶에 가까이 있기 때문이지요. 대감거리에서 대감들이 무당의 입을 빌어 하는 말 중에는 복을 주겠다고 하는 덕담도 있지만, 잘 모시지 않으면 혼내겠다고 겁주는 말도 있습니다. 이를테면 "대감님이 화가 나면 대문도 붙잡고 흔들흔들, 방문도 붙잡고 흔들흔들, 돌도 집어서 우당퉁탕, 모래도 집어서 주르르르" 같은 사설입니다. 하지만 대감신은 마음이 너그러워서 심통을 부리다가도 사람이 잘못을 빌면 금방 마음이 풀어져서 재물과 복을 많이 내려줍니다. 대감신이 기분이 좋을 때는 "은바리 금바리 돈바리는 마바리 수레바리 바리바리 실어다가 먹고도 남고 쓰고도 남게" 해주겠다고 하는 사설을 보면 틀림없이 그렇습니다.

천복대감은 이러한 대감신 중의 하나로서, 대감신의 대표격이라고 할 수 있습니다. '천복'이라는 말이 '하늘에서 내리는 복'이라는 뜻이니, 천복대감이야말로 옛날 가난하게 살던 백성들에게 희망을 주는 신이라 할 수 있습니다. 백성들은 삶이 고달플 때마다 마음씨 좋은 이웃집 할아버지를 찾듯이 천복대감을 찾으며 마음에 위안을 얻었겠지요.

호구별상

"마마라고 하는 것은 사람으로 태어난 이 누구든지 앓아야 하는 병이다. 마음을 곱게 쓰고 적선 많이 한 이의 자손은 마마를 앓되 앓은 둥 만 둥 할 것이요, 심보 고약하고 남 해코지 밥먹듯 하는 이의 자손은 모질고 독한 마마를 앓을 것이다. 업과 죄는 지은 대로 가는 법이니, 그것으로 나를 원망하지 말라."

호구별상은 천연두를 앓게 하는 신입니다. 천연두를 마마라고 했기 때문에 마마신, 큰마마라고도 하지요. 어느 집에나 손님처럼 찾아온다고 해서 손님네, 손님마마라고도 했습니다.

옛날 강남 대한국에 살던 호구별상 손님네가 해동국이 살기 좋단 말을 듣고 해동국을 찾아갔습니다. 먼저 으리으리한 기와집에 들어가 하룻밤 자고 가기를 청했더니, 집 주인 김 장자는 욕만 잔뜩 퍼붓고 내쫓았습니다. 이웃에 있는 오막살이에 가 보니, 집 주인 노고할머니는 반겨 맞아 정성껏 대접을 해줬습니다. 호구별상은 고마움에 보답할 생각으로 물었지요. "친손이든 외손이든 어린아이가 있으면 말씀만 하십시오. 마마를 아주 가볍게 치르도록 하겠습니다." 할머니는 "제 걱정은 마시고, 이웃에 사는 김 장자네 외동아들한테나 은혜를 베풀어 주십시오." 하고 대답했습니다. 할머니 원대로 해주려고 김 장자를 찾아간 호구별상은 또다시 봉변을 당하고, 분풀이로 그 집 아들에게 모진 마마를 넣었습니다. 혼이 난 김 장자가 뒤늦게 손님네 대접을 잘 할 것을 약속하자, 호구

별상은 넣었던 마마를 도로 빼냈습니다. 하지만 김 장자는 약속을 지키지 않았고, 호구별상은 그 벌로 아들의 혼을 빼내어 강남으로 데려가 버렸습니다.

이 이야기에서 보듯이 호구별상 손님네는 매우 변덕스럽고 화를 잘 내는 신입니다. 하지만 마음을 곱게 쓰고 대접을 잘 해주기만 하면 은혜도 베풀 줄 아는 신입니다. 옛날에는 아이들이 천연두를 앓는 것이 아주 큰일이었습니다. 모두가 앓는 병이지만, 어떤 아이는 가볍게 앓고 어떤 아이는 모질게 앓아, 심하면 낯이 얽거나 목숨을 잃기도 했으니까요. 손님네 대접을 잘 하면 마마를 쉽게 앓는다는 믿음은 무서운 천연두로부터 아이를 지키려는 부모들의 간절한 소망 아니었을까요?

문도령 (상세경)

"내 비록 세경신 중 맏이라 하나, 힘도 재주도 내 아내 자청비
에게 미치지 못하느니라. 세상 사람들아, 농사일을 물으려거든
나에게 묻기보다 자청비에게 물어 보라."

이렇게 말하는 문도령은 세경신 중 으뜸인 상세경입니다. 세경신
은 농사를 주관하는 신으로서, 사람들에게 농사짓는 법을 가르치
고 온갖 씨앗을 마련해 주는 일을 하지요. 세경신에는 상세경·중
세경·하세경의 세 신이 있는데, 이들은 일찍이 모두 한 날 한 시
에 똑같은 사주를 가지고 태어났습니다. 그 중 맏이 구실을 하는
이가 문도령이지요.

　문도령은 본디 하늘나라 칠성신 중 하나인 문곡성의 외아들로
태어났습니다. 일찍이 주청당의 거무선생에게 글을 배우러 가다
가 오로대감의 외동딸 자청비를 만나 함께 갑니다. 하지만 문도
령은 글공부하는 동안 남자 옷을 입은 자청비를 내내 남자인 줄
만 압니다. 나중에 자청비가 자신이 여자라고 밝히고서야 그 사

실을 알게 되지요. 문도령은 자청비와 부부의 인연을 맺고 나서 하늘나라로 올라간 뒤 소식을 끊어 자청비의 애를 태웁니다. 나중에 자청비를 찾아 와서도 자기를 반겨 주지 않는다며 화를 내고 돌아가 버리기도 합니다.

이렇듯 문도령은 어찌 보면 고지식하고 속 좁은 샌님 같아 보입니다. 하지만 이것은 겉으로 드러난 모습일 뿐, 속내는 심지가 굳고 의리도 깊은 편입니다. 부모가 정해 준 혼처를 끝내 마다하고 자청비와 혼인한 것만 보아도 그렇습니다. 한 번 맺은 약속을 중히 여기기 때문입니다. 주청당에서 글공부하는 삼년 동안 끝끝내 자청비가 여자인 줄 몰랐던 것도 어리석어서 그렇다기보다는 남을 의심할 줄 모르는 곧은 성격 때문이겠지요.

그러나 문도령이 아내 자청비에 견주어 아무래두 힘과 재주가 모자라는 것은 사실입니다. 그래서 그가 비록 이름은 상세경이지만 아내에게 모든 일을 맡기고 뒷전에서 글만 읽고 있다고 해서 이상할 것은 없습니다.

자청비(중세경)

"무릇 농사라고 하는 것은 욕심으로 지어서는 안 되는 것이다. 배고픈 사람에게 밥을 주고, 헐벗은 사람에게 옷을 주는 마음으로 농사를 지어라. 그러면 자갈밭에 맨손으로 지은 농사도 마소로 바리바리 실어 낼 만큼 풍년이 들 것이다."

이렇게 말하는 자청비는 세경신 중 둘째인 중세경입니다. 이름은 비록 중세경이지만, 하는 일로 보면 상세경인 문도령보다 큰 신입니다. 온 세상에 곡식 씨앗을 퍼뜨리고 사람들에게 농사짓는 법을 가르치며, 사람들의 마음씨를 보아 풍년과 흉년이 들게 하니까요.

자청비는 여신입니다. 태어날 때 부모가 절에 시주를 잘못 한 탓에 종의 아들 정수남과 똑같은 사주를 가지고 태어납니다. 자청비는 비록 여자로 태어났지만 늠름하고 씩씩하게 자라, 어떤 불행도 두려워하지 않고 어떤 어려움에도 물러서지 않습니다. 처음에 문도령을 만났을 때도 그의 글동무가 되기 위해 힘든 길을 스스로 나섰고, 문도령에게 마음을 전할 때도 주저함이 없었습니다. 문도령을 찾아갈 때는 갖은 고생을 다 참아냈고, 문곡성이 낸 시험을 볼 때는 불구덩이에 걸어 놓은 작두에도 망설임 없이 올라섰습니다.

자청비는 이런 성격 때문에 부모한테서 '얌전치 못하다', '덤벙댄다'고 야단을 맞았습니다. 하지만 이 용감한 성격이 끝내 그를 신의 세계로 이끌었고, 나중에는 남편을 살리고 하늘나라를 지켰습니다. 서역에서 백귀군대가 쳐들어왔을 때, 남편을 대신해서 갑옷 입고 투구 쓰고 말을 타고 싸움터에 나가 용감하게 싸운 것이 바로 그 일이지요. 옥황상제도 그의 이런 용기를 높이 사 세경신으로 삼았습니다.

자청비는 세경신이 된 다음 옥황상제에게 부탁하여 갖가지 씨앗을 가져다가 인산세상에 퍼뜨렸습니다. 그 덕분에 사람들은 농사를 지으며 살게 되었지요. 그때 자청비가 실수로 빠뜨리고 안 가져온 씨앗이 있어서 나중에 다시 올라가 가져왔는데, 그것이 바로 메밀 씨앗입니다. 그래서 요새도 메밀 씨앗은 다른 씨앗보다 나중에 뿌린답니다.

정수남(하세경)

"마소는 제 몸을 부려 농사를 도우니 신성한 짐승이다. 닭과 돼지 또한 알과 고기로써 사람의 배를 불리지 않느냐. 집짐승을 함부로 다루지 말고 한 식구처럼 소중히 여길지어다."

정수남은 농사를 주관하는 세 신 중에서 막내뻘인 하세경입니다. 다른 두 신과 달리 주로 목축에 관한 일을 맡아 봅니다. 집에서 기르는 짐승이 병에 걸리거나 잘 자라지 않으면 하세경인 정수남에게 빌어야 합니다.

정수남은 일찍이 오로대감 댁 몸종 정수덕의 아들로 태어났습니다. 오로대감이 동개남상주절 신령님에게 아기를 점지해 달라고 빌면서 시주를 약속해 놓고 그 약속을 지키지 않는 바람에, 신령님이 화가 나서 대감 댁에 태어날 아기를 그 집 몸종에게 줘 버렸지요. 그래서 정수남은 대감 댁 딸 자청비와 똑같은 사주를 가지고 한 날 한 시에 태어났습니다. 자청비는 하늘나라 문곡성의 외아들 문도령과 한 날 한 시에 태어났으니, 이 세 사람은 태어날

144

때부터 깊은 인연으로 얽혀 있는 셈입니다.

정수남은 자신이 남의 집 종으로 태어나 죽도록 일만 해야 하는 것을 몹시 불만스럽게 여겼습니다. 그래서 다른 사람들이 일하러 다닐 때도 양지쪽에 누워서 쿨쿨 낮잠만 잤지요. 자청비의 재촉을 받고서야 마지못해 일어났지만, 정수남은 말 아홉 마리에 소 아홉 마리를 줘야 일을 하러 가겠다고 버팁니다. 자청비가 하릴없이 말 아홉 마리에 소 아홉 마리를 주자, 그것을 끌고 산에 나무를 하러 가서도 마소를 나무에 매어 놓고 잠만 잡니다. 이레 밤 이레 낮을 자다 일어나 보니 말 아홉 마리와 소 아홉 마리가 모두 굶어 죽어 있지 뭡니까?

이렇게 게으른 정수남이지만, 나중에는 잘못을 뉘우치고 새사람이 되었습니다. 정수남은 자청비에게 무례하게 굴다가 목숨을 잃었는데, 그 뒤 자청비가 구해 온 환생꽃 덕분에 다시 살아났습니다. 이 인연으로 정수남은 자청비가 문도령과 혼인한 뒤 세경신이 되어 다시 돌아올 때까지 의롭게 집을 지켜 줍니다. 그러고는 뒤에 문도령, 자청비와 함께 세경신으로 좌정했지요.

노가단풍자지명왕(당금애기)

"사람이 날 때 타고나는 복은 모두 전생에 스스로 지은 것이다. 착한 일 많이 한 사람은 많은 복을 타고날 것이요, 그렇지 않은 사람은 복 없이 태어나리라. 후생에 복을 받으려면 모름지기 지금 덕을 쌓을지어다."

사람들에게 복을 나누어 주는 신은 노가단풍자지명왕이란 긴 이름을 가진 신입니다. 당금애기라고도 하는 이 신은 일찍이 주년국 임정국 대감과 김진국 부인 사이에 외동딸로 태어났습니다. 부모가 둘 다 벼슬하러 떠난 뒤 노가단풍자지명왕이 홀로 남아 집을 지키는데 황금산 도단절 주자스님이 와서 시주를 청했습니다. 스님이 시주를 받으며 머리를 쓰다듬은 뒤 노가단풍자지명왕은 처녀의 몸으로 아기를 뱄지요. 그 뒤 세 쌍둥이를 낳았는데, 하나는 왼쪽 겨드랑이로 낳고, 하나는 오른쪽 겨드랑이로 낳고, 하나는 가슴 한복판으로 낳았습니다. 이 삼형제가 초공, 이공, 삼공으로서 나중에 저승시왕 중 세 왕이 됩니다.

당금애기는 신비한 힘으로 아기를 밴 까닭에, 더러는 사람의
탄생을 주관하는 신으로 모셔지기도 합니다. 그러나 아기를 점지
하고 태어나게 해주는 삼신이 따로 있기 때문에, 보통은 복을 나
누어 주는 신으로 통합니다.

　이 신은 일찍이 귀한 집 딸로 태어나 금지옥엽으로 컸으나, 어
른이 되면서부터 수많은 어려움을 겪습니다. 처녀의 몸으로 아기
를 밴 죄로 집에서 쫓겨나고, 천신만고 끝에 남편 격인 주자스님
을 찾아가지만 거기서도 버림 받고, 결국 혼자 힘으로 세 쌍둥이
를 낳아 키웁니다. 하지만 애써 키운 아들 삼형제가 중의 자식이
라고 천대 받고, 나중에는 열두 선비 꾐에 빠져 죄를 짓
는 바람에 아들들 대신 옥에 갇히기도 합니다. 이런
모진 고생 끝에 비로소 복의 신으로 좌정했지요.

　그래서인지 노가단풍자지명왕은 가난한 사람,
천대 받는 사람, 고생 많이 한 사람에게 더 너그
럽습니다. 그런 사람들에게 더 많은 복을 내려
줘야 인간세상이 공평해진다고 생각하는 건지
모르겠습니다.

감은장아기

"부모에게 효도하고 형제간에 우애 있으며, 어른을 공경하고
이웃 사이에 화목하면 반드시 복을 받으리라. 아무리 힘든 일
이 있어도 하늘을 원망 말고 참고 견디어라. 운명은 바꿀 수
있고 팔자는 고칠 수 있느니라."

사람의 운명을 관장하는 신인 감은장아기의 말입니다. 감은장아
기는 일찍이 가난한 집 셋째딸로 태어나 천덕꾸러기로 자랍니다.
맏딸은 은그릇에 밥을 먹는 은장아기요 둘째딸은 놋그릇에 밥을
먹는 놋장아기지만, 셋째딸은 검은 나무그릇에 밥을 먹는다고 이
름도 감은장아기라 했지요. 하지만 감은장아기는 태어나자마자
집안에 큰 복을 가져다주었습니다.

　감은장아기가 열다섯 살 되던 해 어느 날, 부모가 느닷없이 세
자매에게 "누구 덕에 먹고사느냐?" 물었습니다. 위로 두 언니는
모두 "부모님 덕으로 먹고산다." 대답했지만, 감은장아기는 당돌
하게도 "내 복으로 먹고산다." 대답했습니다. 그 때문에 부모에게

미움을 사 감은장아기는 집에서 쫓겨나는 신세가 되었지요.

쫓겨난 감은장아기는 정처 없이 길을 걷다가 날이 저물어 어느 오막살이에서 하룻밤을 묵게 되었습니다. 그 집에는 마 캐는 총각 삼 형제가 있었는데, 위로 둘은 마음씨가 고약하고 막내는 착했지요. 감은장아기는 세 총각을 시험한 끝에 막내아들과 결혼하여 그 집에서 살게 되었습니다. 어느 날 남편이 마 캐는 곳에 간 감은장아기는 구덩이마다 가득한 것이 금덩이라는 걸 알게 되고, 그 금덩이를 주워다 팔아서 큰 부자가 되었습니다.

부자가 된 뒤 감은장아기가 친정집에 가 보니, 집은 쑥대밭이 되고 어머니 아버지는 보이지 않았습니다. 감은장아기가 집을 나간 바로 그해에 눈먼 거지가 되어 집을 나간 것입니다. 감은장아기는 어머니 아버지를 찾으려고 석 달 열흘 동안 거지 잔치를 열었습니다. 드디어 잔치 마지막 날에 어머니 아버지는 막내딸을 다시 만나 기적처럼 눈을 떴습니다. 마음씨 고약한 탓에 청지네와 말똥버섯이 됐던 언니 둘도 사람으로 돌아와 함께 살았지요. 그 뒤 감은장아기는 운명을 뒤바꾼 그 꿋꿋함 덕분에 당당히 신으로 좌정하게 되었습니다.

사만이

"인간세상에 나만큼 오래 산 이가 없기로 상제께서 나를 불러 수명신이 되라 하셨다. 내 일찍이 착한 이의 수명은 늘려 주고 악인의 나이는 줄였건만, 세상이 복잡해지면서 그처럼 하지 못하게 되었구나."

사만이는 사람의 수명을 다스리는 신입니다.

본디 사만이는 빌어먹던 거지로서 나이 서른에 우연히 색시를 얻어 장가를 들었지만 일을 못 배운 탓에 날마다 빈둥거리고 놀기만 했습니다. 보다 못한 아내가 머리를 잘라 주며 장에 내다 팔아 오라고 했는데, 사만이는 머리 판 돈으로 활을 사 왔습니다. 그활을 가지고 산에 돌아다니다가, 하루는 백골을 발견하여 집에 모셔 놓고 위했지요.

그러다가 사만이 수명이 다 되어 저승차사가 잡으러 오는 날, 사만이는 백골이 가르쳐 준 대로 밥과 옷과 신을 마련하여 뒀다가 저승차사를 대접했습니다. 저승차사가 이승 사람의 대접을 받으면 그 사람을 잡아가지 못하는지라, 하는 수 없이 차사들은 빈손으로 돌아갔습니다. 그러고는 염라대왕의 꾸지람이 두려워 몰래 저승 명부에 사만이 수명 서른일곱을 삼천일곱으로 슬쩍 고쳐 놓았습니다.

이 때문에 사만이는 나이가 무려 삼천일곱 살이나 되도록 살았습니다. 그뿐만 아닙니다. 사만이는 저승차사가 올 때를 미리 알고 있었기에, 그때마다 밥과 신과 옷을 마련하여 차사들을 대접했습니다. 그렇게 늘린 수명이 일만 살을 넘기자, 신선처럼 도술을 부려 아예 몸을 숨기고 살았습니다. 그래서 나중에는 저승차사가 대접을 피하고도 잡을 수 없게 되었지요. 나이가 사만 살이나 되고서야 비로소 저승차사들은 사만이를 저승으로 데려갔는데, 이 긴 수명 덕택에 사만이는 신으로 좌정하게 되었습니다.

그런데 사만이가 자기 수명을 늘린 것은 속임수라 할 만한데, 그 때문에 벌을 받기는커녕 지겹도록 살고도 오히려 신이 되었으니 웬일인가요? 아마 사만이가 사만 년이나 살면서 착한 일을 수도 없이 많이 했나 봅니다. 그렇지 않고서야 어찌 신이 될 수 있었겠습니까?

지장아기

"내가 가는 곳에는 온갖 병이 따라다니지만, 누구든지 마음을 맑게 하고 욕심을 부리지 않으면 병은 다 저절로 물러갈 것이다. 사람의 한평생은 기나긴 고생길이니 편안함만을 찾지 말 것이며, 드는 액도 오히려 무심히 맞으면 저절로 물러가리라."

어렸을 땐 지장아기, 자라서는 지장아기씨, 시집가서는 지장부인, 늙어서는 지장스님, 죽어서는 지장새가 된 이 신은 집안에 드는 액을 막아 줍니다. 지장아기는 살아생전 하도 모진 고생을 한 탓에 죽은 뒤에 새가 되었지만, 새가 되어서도 온몸에 병이 들어 안 아픈 곳이 없지요. 지장새가 들면 그 집안사람에게 병이 생기는데, 머리로 들면 머리가 아프고 눈으로 들면 사팔뜨기가 되고 코로 들면 고뿔에 걸리고 입으로 들면 혓바늘이 돋고 가슴으로 들면 답답증이 생기고 배로 들면 배앓이를 합니다. 하지만 마음을 맑게 하고 욕심을 부리지 않으면 병은 곧 저절로 물러갑니다.

  지장아기는 어려서 부모 잃고 외삼촌 집에 얹혀살며 온갖 설움

받고 갖은 고생을 다 했습
니다. 자라서는 부잣집에
시집갔지만, 시집간 지 이
태 만에 시아버지 시어머니가
죽더니 곧 남편과 자식까지 잃
었습니다. 하늘 아래 의지할 곳 없어 시누이한테 얹혀살면서도
모진 고생은 끊이지 않았습니다. 하루는 지나가는 스님한테서 액
이란 액이 다 들어서 그렇다는 말을 듣고, 그 액을 물리려고 사람
없는 곳에다 억새, 속새로 움막을 짓고 살았습니다. 그 길로 누에
치는 법을 배워 명주 길쌈을 해서 제를 올리고, 스님이 되어 이
마을 저 마을 돌아다니며 시주 받아 제를 올리다가 마침내 저승
에 들게 되었지요.

　지장아기는 태어나서 젖먹이 시절을 빼고는 오로지 고생만 하
며 살았습니다. 오르막이 있으면 내리막도 있는 법인데, 어찌된
일인지 지장아기 한평생은 나쁜 일만 줄줄이 생겼습니다. 그렇지
만 지장아기는 남의 탓을 하지 않고 그 고생을 달게 받으며 살았
습니다. 언제나 마음을 맑게 하고 욕심을 부리지 않은 덕택에 끝
내 그 많은 액을 다 물리고 죽어서는 신으로 들어서게 되었지요.
지장신 이야기는 우리에게 어려움을 헤치고 꿋꿋이 살아가는 힘
을 줍니다.

내일과 장상

"세상에 굶는 사람과 헐벗은 사람이 있는 것은 우리가 할 일을 다 못한 탓이다. 활인하고 적선하는 이의 수만큼 헐벗고 굶주리는 이의 수가 줄어드는 까닭이니라."

내일과 장상은 사람의 목숨을 살리고 가난한 이를 돕는 활인적선의 신입니다.

그 옛날 내일과 장상은 짝을 찾지 못하여 홀로 외롭게 글만 읽고 있던 처녀 총각이었습니다. 강림들에 살던 소녀 오늘이가 원천강에 부모를 찾아갈 때, 내일과 장상을 만나 길을 묻고 인연을 맺어 주었지요. 그때부터 두 사람은 부부가 되었습니다.

인간세상에 세민황제라는 못된 임금이 있었는데, 그가 죽어서 저승에 드니 억울하게 죽은 백성들이 원수를 갚으려고 달려들었습니다. 대별왕이 세민황제에게 명하여, 저승 곳간에 있는 재물로 죄를 갚으라고 하였지요. 하지만 세민황제의 곳간은 텅텅 비어 있었습니다. 이승에서 적선한 것이 저승 곳간에 쌓이는 법인

154

데, 세민황제는 한 푼도 남을 위해 쓰지 않았으니 곳간이 비었던 게지요. 하는 수 없이 세민황제는 저승 부자 내일과 장상의 곳간에서 재물을 빌려 쓰고, 대별왕의 명으로 빚을 갚기 위해 이승으로 돌아갑니다.

이승에 돌아온 세민황제가 내일과 장상을 찾아가 보니, 부부는 주막을 차려 놓고 장사를 하고 있었습니다. 그런데 그들은 반도 안 되는 헐값에 밥과 짚신을 팔고, 누구든지 돈을 빌려 달라면 선뜻 빌려 주는 것이었습니다. '옳아, 저런 것이 활인이요 적선이로구나.' 크게 깨달은 세민황제는 마음을 고쳐먹고 그때부터 헐벗고 굶주리는 사람들을 도와주기 시작했습니다. 그리하여 저승 곳간에 재물을 어지간히 채운 뒤에 저승으로 들어가 빚을 갚았답니다.

내일과 장상은 살아생전 사람의 목숨을 살리고 가난한 이를 도운 공으로 옥황상제의 명을 받아 활인적선의 신이 되었습니다. 내일과 장상처럼 활인하고 적선하는 이의 수가 많아야 세상에 헐벗고 굶주리는 사람의 수가 줄어든다고 합니다. 만약 세상에 가난한 사람의 수가 많다면, 곧 착한 사람의 수는 적다는 뜻입니다.

도랑선비와 개울각시

"뿌리 없는 나무가 있더냐? 샘 없는 물이 있더냐? 조상과 자손은 한 몸이니, 뉘 집 자손이든지 그 조상이 지은 업을 비켜가지 못하리라. 조상이 죄를 지으면 자손에게 화가 미칠 것이다."

도랑선비와 개울각시는 흔히 말명이라 불리는 신인데, 이 신의 성격은 좀 복잡합니다. 말명은 보통 조상신을 지키는 신으로 알려져 있지만, 때로는 무당의 조상을 가리키는 말로도 쓰입니다. 어쨌거나 여기에는 한 부부의 눈물겨운 사랑 이야기가 얽혀 있습니다.

옛날에 도랑선비는 외삼촌 집에 얹혀살고, 개울각시는 이모 집에 얹혀살았습니다. 둘 다 일찍이 부모를 여의었기 때문이지요. 두 사람은 인연이 닿아 혼인을 했지만, 날을 잘못 받은 바람에 혼인한 지 사흘 만에 신랑이 저 세상으로 가버렸습니다. 개울각시는 남편 빈소를 차려 놓고 밤낮으로 슬피 울었습니다. 우는 소리가 하도 애처로워, 옥황상제가 듣고 그 간절함을 시험해 보기로 하였습니다.

첫 번째 시험은 새벽 이슬 맞힌 정화수를 삼천 번 떠서 남편 무덤에 놓고 석 달 열흘을 빌라고 한 것인데, 개울각시는 꼭 그대로 하였습니다. 두 번째는 머리카락을 한 올씩 뽑아 삼천 발 노끈을 만들어 벼랑에 걸고 아흔아홉 번 갔다 오라는 것인데, 이번에도 개울각시는 온 힘을 다해 그대로 하였습니다. 세 번째는 댓잎 기름 서 말 서 되를 양손에 적셔 말린 다음 열 손가락에 불을 붙여 기름이 다 탈 때까지 견디라는 것인데, 이번에도 개울각시는 이를 악물고 다 그대로 하였습니다.

이렇게 세 가지 시험을 다 보고 한 가지 시험이 남았습니다. 맨손으로 아흔아홉 구비 길을 닦아야 하는 것이었지요. 그것마저 다 해내자, 비로소 죽었던 남편이 살아 돌아왔습니다. 하지만 두 사람은 조상이 지은 죄가 하늘에 닿지 않아야만 함께 살 수 있었습니다. 도랑선비 조상이 예전에 벼슬아치로서 재물을 탐내고 백성들을 함부로 죽인 죄 때문에 끝내 부부는 함께 살지 못하고 또다시 헤어졌습니다.

결국 스스로 목숨을 끊고서야 개울각시는 저승에 든 남편을 만났습니다. 이 눈물겨운 사랑의 힘으로 두 사람은 신이 되어 인간의 일을 다스린답니다.

거북이와 남생이

"몸에 드는 병은 가난과도 같다. 불편하고 힘들 뿐 못 견딜 것은 아니며, 삼가고 다스리면 나아질 것이다. 몹쓸 것은 마음에 드는 병이니, 이로써 사람들은 욕심의 늪에 빠져 눈멀고 성내어 남을 해하기에 이른다. 사람들아, 욕심을 거두면 눈이 밝아질 것이니 무엇인들 똑바로 보이지 않겠느냐?"

거북이와 남생이는 병을 다스리는 신으로, 옛날 사람들은 아기가 아플 때면 이들에게 빌었습니다. 이들은 일찍이 눈먼 장님, 곱사등이 앉은뱅이로 태어나 갖은 고생을 한 까닭에 병들고 몸이 불편한 사람의 처지를 누구보다 잘 압니다.

　그 옛날 숙영선비와 앵연부인이 하늘의 뜻에 따라 혼인을 하여 금실 좋게 잘 살았지만, 나이 마흔이 넘도록 아기를 못 낳았습니다. 아기를 점지해 달라고 부처님께 빌었더니 과연 앵연부인 배가 불러 아기를 낳았는데, 낳고 보니 눈먼 아기였습니다. 그 이듬해 둘째 아기를 낳았는데, 이번에는 곱사등이 앉은뱅이 아기였지요.

장님 아기는 거북이라 이름 짓고 앉은뱅이 아기는 남생이라 이름 지어 키웠더니 형제 나이 열 살, 아홉 살 되던 해에 부모가 함께 세상을 떠났습니다. 하루아침에 고아가 된 형제는 집을 떠나 떠돌아다니며 얻어먹는 신세가 되었습니다. 거북이는 남생이의 발이 되고, 남생이는 거북이의 눈이 되어 이 마을 저 마을 떠돌아다녔습니다. 하지만 찾아간 집미디 대문간에서 쫓겨나기 일쑤였습니다.

거북이와 남생이는 절에 가다가 커다란 금덩이를 주웠는데, 분에 넘치는 것이라 하여 저희들이 갖는 대신 부처님께 바쳤습니다. 그 덕에 거북이는 눈을 뜨고 남생이는 등과 다리가 펴졌습니다. 형제는 그 뒤에도 욕심 없이 깨끗한 마음으로 남을 도우며 살다가, 죽은 뒤에는 병을 다스리는 신이 되었습니다.

이들은 불편한 몸으로 세상에 태어나 많은 어려움을 겪었지만, 착한 마음을 버리거나 굽히지 않았습니다. 가난이나 병은 다만 불편하고 힘들 뿐, 사람의 마음을 바꿔 놓을 수는 없다는 가르침입니다.

쇠도령과 너도령

"쇠와 나무로 악기를 만들어 소리를 내는 것은 신성한 일이다. 맑고 아름다운 소리는 사람의 마음을 울리고, 크고 웅장한 소리는 신의 잠을 깨울 것이다."

쇠도령과 너도령은 악기의 신입니다. 쇠도령은 쇠로 만든 악기를 다스리고, 너도령은 나무와 가죽으로 만든 악기를 다스리지요.

옛날 노가단풍자지명왕이 세 아들의 죄를 대신 뒤집어쓰고 삼천제석궁에 갇혔을 때, 주자스님은 아들들에게 쇠북과 북장구를 만들어 밤낮으로 치면 어머니가 풀려날 것이라고 일러 주었습니다. 삼형제는 곧 동해용궁에 가서 쇠도령을 데려다가 의형제를 맺고, 좋은 쇠 일만 근을 녹여서 쇠북을 만들었습니다. 또 불도땅에 가서 너도령을 데려다가 의형제를 맺고 오동나무 말가죽으로 북과 장구를 만들었습니다.

그리하여 만든 악기를 삼천제석궁 문 앞에 걸어 놓고 세 이레 스무하루 동안 밤낮으로 쉬지 않고 쳤지요. 그랬더니 부처님이 그 정성에 감동해서 어머니를 풀어 주었습니다. 그 뒤에 삼 형제는 큰 집을 두 채 짓고, 그 안에 악기들을 넣어 두었습니다. 한 채에는 쇠북과 방울 같은 쇠악기를 넣어 두고, 다른 한 채에는 북과 장구 같은 나무악기를 넣어 뒀지요. 이것이 곧 무당이 굿을 할 때 쓰는 악기의 시초가 됩니다.

　악기는 굿을 할 때 빠질 수 없는 도구입니다. 그래서 옛날 무속에서는 북과 장구, 꽹과리와 방울 같은 악기를 신성하게 여겼습니다. 악기로써 소리를 내어 신을 청하기도 하고, 신의 마음을 움직일 수 있다고 믿었나 봅니다. 이 신성한 악기를 다스리는 신이 있어야겠기에 쇠도령과 너도령이 등장한 것이지요.

　쇠도령은 동해용궁에 산다고 전해집니다. 동해용궁 따님아기가 아버지의 노여움을 사 인간세상으로 쫓겨날 때도 쇠도령이 만든 삼천 근 무쇠상자에 갇혀 바다에 버려지는 장면이 나옵니다. 너도령은 불도땅에 산다고 하며, 그 아버지 너사매로부터 악기 만드는 법을 배웠다고 합니다.

도깨비

"세상에 나만한 재주꾼은 없으리. 눈 깜짝할 사이에 무엇이든 될 수 있다네. 세상에 나만한 장난꾼은 없으리. 수수께끼와 씨름은 내가 제일 좋아하는 것. 세상에 나만큼 잘 잊어버리는 이 또 있을까. 방금 한 일을 돌아서면 잊어버리지."

도깨비는 재미있는 신입니다. 사람들과 어울리기를 즐기고 춤추고 노래하는 것을 좋아하며 장난을 잘 칩니다. 때때로 일이 마음에 들지 않으면 심술을 부리기도 하지만, 대개는 어수룩하여 사람들에게 곧잘 속아 넘어가지요. 재주가 많아 둔갑을 잘 하는데, 눈 깜짝할 사이에 몽당 빗자루나 방앗공이나 나무등걸로 변하여 사람을 놀라게도 합니다.

도깨비는 또 무엇을 잘 잊어버립니다. 옛날에 한 농사꾼이 도깨비를 만나 돈 서 푼을 빌려 줬더니, 날마다 저녁때만 되면 와서 돈 서 푼을 내놨습니다. 한 번 갚은 것을 잊어버리고 자꾸만 와서 갚는 것이지요. 그 덕분에 농사꾼은 부자가 되었는데, 한 번은 도

162

깨비와 얘기 중에 서로 무서워하는 것을 가르쳐 주게 됐습니다. "도깨비야, 너는 세상에서 뭐가 제일 무섭니?", "나는 말 피가 무서워. 사람들은 뭘 무서워한다니?", "우리 같은 사람이야 뭐니뭐니 해도 돈이 무섭지." 그 이튿날 농사꾼은 도깨비가 더는 못 찾아오게 집 앞에 말 피를 뿌려 놨습니다. 그랬더니 화가 난 도깨비가 돈을 한 짐 가져와 마당에 던져 넣는 바람에 더 큰 부자가 됐다고 합니다.

도깨비는 메밀묵과 수수팥떡을 좋아하고 달밤에 씨름하기를 즐깁니다. 신기한 물건을 많이 가지고 있는데, 그 중에서도 방망이와 감투가 흔하지요. 도깨비방망이는 두드리면 무엇이든 나오라는 대로 다 나오고, 도깨비감투는 머리에 쓰면 몸뚱이가 안 보이게 됩니다. 착한 사람은 이 물건을 가져도 탈이 없지만, 만약 욕심쟁이가 가지면 반드시 화를 입게 되지요.

도깨비는 키가 크고 좀 험상궂게 생겨서 그렇지, 겉모습은 보통 사람과 크게 다르지 않습니다. 몸에 털이 많이 나 있다든지 노린내가 난다든지 머리칼을 헝클어뜨리고 다닌다는 말은 있습니다. 하지만 머리에 뿔이 났다든가 외눈박이라든가 하는 것은 다른 나라 귀신의 모습이 잘못 전해진 것입니다.

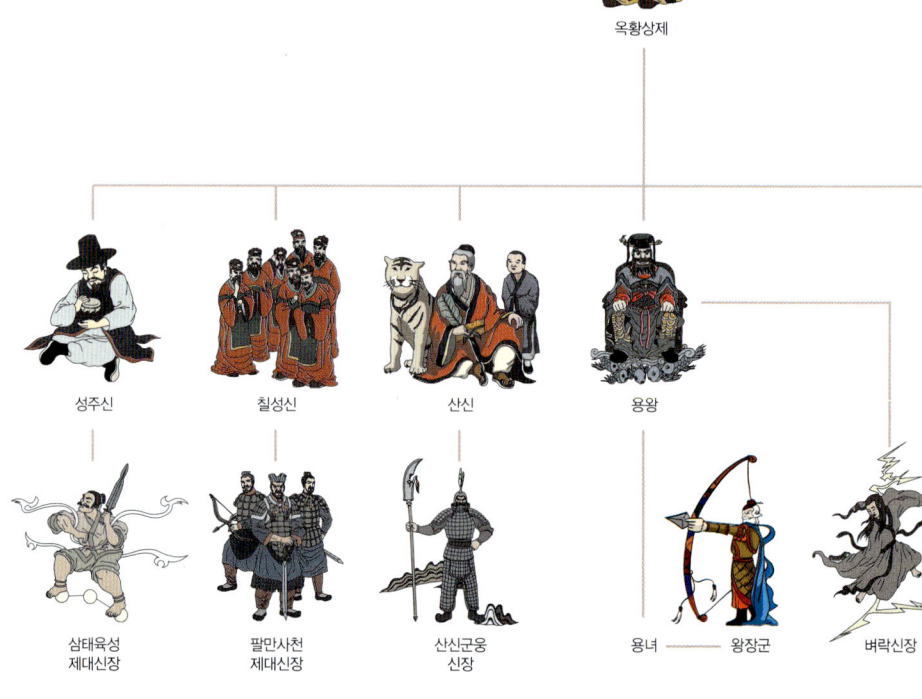

옥황상제

성주신   칠성신   산신   용왕

삼태육성
제대신장   팔만사천
제대신장   산신군웅
신장   용녀 —— 왕장군   벼락신장

군신

신들의 세상에서 군인이라 할 수 있는 신입니다. 신들의 세상에도 나쁜 짓을 일삼는
귀신들이 있는데, 이들로부터 착한 신과 사람을 지키는 일을 합니다. 날쌔고 용맹스러워
싸움터에서는 물러서는 법이 없고, 아무리 사나운 힘도 두려워하지 않습니다.
신장은 신을 보호하는 군신으로서, 중요한 신들에게는 각각 호위신장이 딸려 있습니다.
흔히 무속에서 신장은 무당의 특별한 섬김을 받는데, 이는 신장의 힘을 빌려
잡귀를 물리치고자 하는 마음에서 비롯한 것입니다.

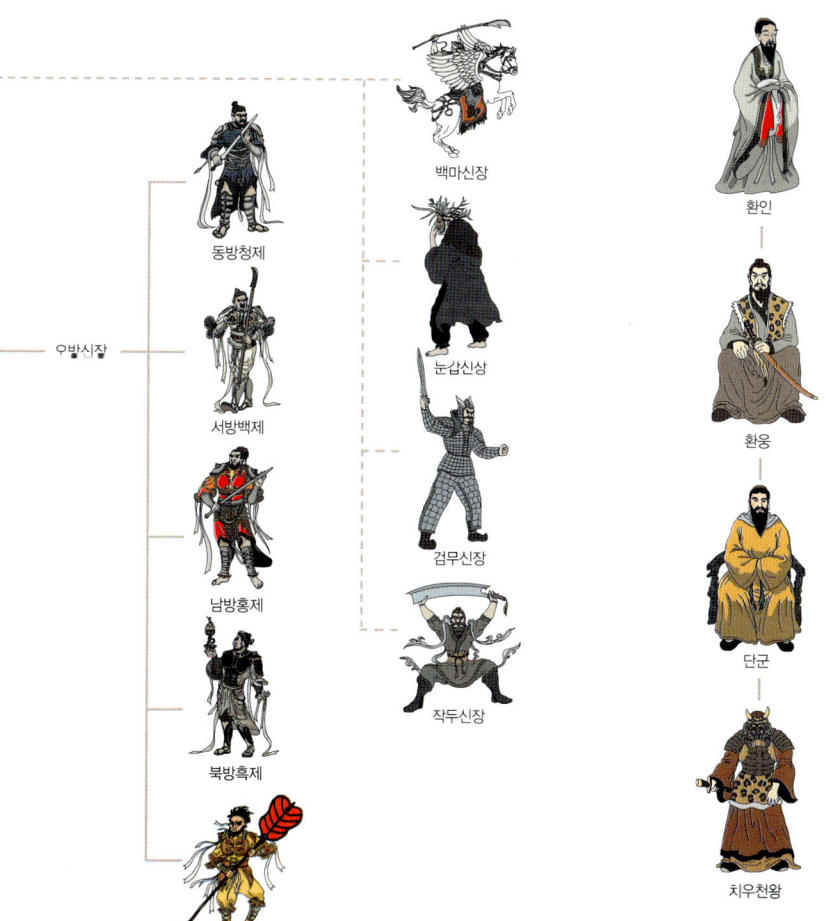

오방신장

동방청제

서방백제

남방홍제

북방흑제

중앙황제

백마신장

눈삽신상

검무신장

작두신장

환인

환웅

단군

치우천왕

백마신장

"요사스러운 잡귀들은 들어라. 나 백마신장이 있는 동안에는 아무리 솜씨 좋은 귀신이라도 옥황궁을 범접하지 못하리라. 자비심 없는 악귀들도 들어라. 내가 백마를 타고 하늘과 땅을 오가는 한 애꿎은 사람들을 함부로 괴롭히지 못하리라."

신장은 신들의 세계에서 장군이라고 할 수 있는 신입니다. 크나큰 힘과 용기를 갖춘 신으로서, 보통 다른 신들을 지켜 주거나 신들의 법을 수호합니다. 그 중에서 백마신장은 옥황상제를 호위하는 일을 맡아 봅니다. 늘 날개 달린 백마를 타고 다닌다고 해서 백마신장이라는 이름을 갖게 됐지요.

날개 달린 백마는 용마 또는 천마라고도 하며, 인간세상과 하늘나라를 오갈 때 없어서는 안 되는 것입니다. 그래서 옛이야기에는 이 날개 달린 말이 자주 나옵니다. 아기장수 이야기에서 아기장수가 타고 다니는 말도 바로 용마이지요. 용마의 충성스러움을 말해 주는 것으로, 아기장수가 죽자 사흘 낮 사흘 밤을 혼자서

166

슬피 울다가 주인을 따라 죽었다는 이야기도 있습니다. 나무꾼과 선녀 이야기에도 용마가 나옵니다. 두레박을 타고 하늘나라로 올라간 나무꾼이 어머니가 보고 싶어 땅으로 내려올 때 타고 온 말이 바로 이 용마이지요. 선녀는 나무꾼에게 마구간에 있는 말 중에서 가장 비루먹은 말을 타고 가라고 일렀지만, 나무꾼은 그 말을 듣지 않고 살찐 말을 골라 타고 갔습니다. 그 덕분에 나무꾼은 끝내 하늘로 돌아오지 못하게 됩니다. 성미 급한 말이 나무꾼을 떨어뜨리고 저 혼자 돌아왔기 때문입니다.

이 멋진 용마를 타고 다니는 백마신장은 옥황상제를 지켜 줄뿐 아니라, 하늘과 땅을 오가며 나쁜 귀신으로부터 사람들을 지켜 주기도 합니다. 그래서 잡귀들의 장난이나 해코지로 괴로움을 겪는 사람들은 백마신장에게 그것들을 쫓아 달라고 빌었습니다.

백마신장은 또 신들의 경전을 백마에 싣고 다니며 호위하는 일도 맡아 보는데, 용감하고 슬기로울 뿐 아니라 그 모습이 늠름하여 옛날부터 백성들에게 많은 사랑을 받아 왔습니다.

둔갑신장

"몸을 마음대로 바꾸는 둔갑술로 말하면 세상에서 나를 따를 이 없지. 눈 깜짝할 사이에 무엇으로든 바꿀 수 있으니까. 숨바꼭질을 하자느냐? 눈 밝다고 자랑하느냐? 어림없다, 어림없어. 넓디넓은 모래밭에 모래로 변한 몸과 깊디깊은 바다 속에 물고기로 변한 몸을 눈 밝다고 어찌 찾으리오."

둔갑신장은 술수를 잘 부리는 신장입니다. 보통 때는 무섭고 위엄 있는 모습이지만, 둔갑을 하기 시작하면 재빠르게 변신하는 모습이 우스꽝스럽기도 합니다. 사람이나 짐승의 모습으로 바뀌는 건 물론이고, 개미 같은 벌레나 바늘 같은 물건으로도 쉽사리 변하니까요.

둔갑술은 옛이야기에 자주 나오는 술법입니다. 저승차사 강림도령 이야기에도 염라대왕과 강림도령이 벌이는 둔갑 내기 장면이 나옵니다. 강림도령이 잠깐 한눈을 파는 새에 염라대왕이 나무기둥으로 변하자, 그것을 눈치 챈 강림도령이 톱으로 기둥을

168

잘라 버리려고 하지요. 깜짝 놀란 염라대왕이 다시 부엉이로 변하여 날아가자, 강림도령은 사냥매를 풀어 그 뒤를 쫓았습니다.

이런 이야기도 있습니다. 어떤 아이가 도적 소굴에 들어갔다가 우연히 책을 읽고 둔갑술을 익혔습니다. 도적두목이 그것을 알고 아이를 죽이려 하자, 아이는 얼른 독수리로 변해 하늘로 날아갔지요. 두목이 거인이 돼서 활을 쏘려고 하자, 아이는 다시 노루로 변해 산 속으로 도망갔습니다. 두목은 호랑이로 변해서 뒤를 따라가고, 쫓기던 아이는 가락지가 돼서 길바닥에 누웠습니다. 한 처녀가 지나가다가 가락지를 주워서 손가락에 끼니, 그걸 본 두목은 방물장수가 돼서 가락지를 팔라고 합니다. 그 사이에 아이는 얼른 좁쌀로 변해서 모래 속에 섞여 있었지요. 두목이 닭으로 변해서 좁쌀을 쪼아 먹으려고 하니, 아이는 이때다 하고 얼른 독수리가 돼서 닭을 잡아먹었답니다.

둔갑신장은 용감한 신장이지만, 둔갑을 즐기는 만큼 장난꾸러기이기도 합니다. 숨바꼭질과 둔갑 내기를 좋아해서 누구에게나 곧잘 내기를 청한답니다. 하지만 아직까지 둔갑신장과 둔갑 내기를 해서 이겼다는 이는 아무도 없습니다.

검무신장

"무릇 칼이라고 하는 것은 잘 쓰면 귀물이나 못 쓰면 흉물이라, 날이 밖으로 향하면 잡귀를 쫓을지나 안으로 향하면 내가 다칠지니 조심하고 또 조심하여라."

검무신장은 칼을 쓰는 신장입니다. '검무' 라는 말은 칼춤이라는 뜻이니, 곧 칼춤을 추는 신장이라고 할 수 있지요.

칼은 무당이 굿을 할 때 빠지지 않는 도구이기도 합니다. 주로 나쁜 귀신이나 액을 쫓을 때 칼을 썼는데, 그것은 칼을 휘둘러 겁을 주면 귀신들이 물러간다고 믿었기 때문입니다. 대부분의 무당은 굿을 할 때 칼춤을 춥니다. 따라서 검무신장이 칼춤을 추는 모습은 무당이 굿을 하는 모습과 닮았다고 볼 수 있습니다.

칼은 자신을 보호하고 상대를 물리치는 무기이기도 하지만, 무엇을 자르고 끊을 수 있다는 점에서 또 다른 의미를 가집니다. 즉 사람의 마음속에 들어찬 온갖 번뇌를 끊는 도구요, 사람을 얽어매는 모든 인연의 사슬을 끊는 도구라는 것이지요. 그런 뜻에서

170

도 칼은 굿을 할 때 중요한 도구가 되었습니다.

민간에서는 푸닥거리를 할 때에 칼을 썼습니다. 옛날 사람들은 병을 귀신이 옮기는 것으로 생각했기 때문에 병자의 몸 부근에 칼을 휘둘러 귀신을 쫓았습니다. "쉬이, 귀신아 물러가라, 온갖 잡귀 물러가라." 하는 사설에서 보듯이, 푸닥거리를 하는 사람은 귀신을 죽이거나 없애는 것이 아니라 다만 몸에서 쫓아냈습니다. 말하자면 사람의 몸에 든 병(귀신)을 칼로써 겁을 주어 내쫓는 의식이 푸닥거리였던 셈이지요.

검무신장은 칼을 들고 잡귀를 쫓는 신장이므로 누구나 그 모습을 쉽게 상상할 수 있습니다. 무시무시한 칼을 들고 있긴 하지만, 사람과 신을 보호하는 일을 하기 때문에 무섭다기보다는 친근한 모습에 가깝습니다. 칼을 함부로 휘두르는 것을 싫어하기 때문에 잡귀들도 사람을 해치지 않는 한 검무신장의 칼에 쫓기는 일은 없을 것입니다.

작두신장

"작두는 세상의 모든 부정과 악을 물리치는 신성한 물건이다. 그래서 작두 위에 올라서는 것은 곧 신이 내린 힘과 재주를 몸에 받는 것을 뜻한다. 내림굿을 할 때는 작두를 타고서야 비로소 영험한 무당이 될 수 있는 것이다."

작두신장은 무당의 영험을 관장하는 신장입니다. 본디 작두는 짚단이나 풀을 썰 때 쓰는 농기구로서 날 선 칼 두 개가 서로 맞물려 있는 모양이지요. 이것이 무당의 도구로 쓰일 때는 날 선 칼 한 짝이 됩니다.

보통 사람이 무당이 되려면 내림굿을 해야 하는데, 이때 작두를 타는 의식이 있습니다. 이것을 장두신장거리, 작두장군거리 또는 그냥 작두거리라고 합니다. 새로 무당이 될 사람은 신비한 능력을 증명해 보여야 하므로 작두 위에서 춤을 추거나 경을 소리 내어 읽습니다. 이런 과정을 거쳐야 비로소 무당으로 인정받게 되는 것이지요.

작두신장을 나타낸 그림은 여러 가지가 전해 옵니다. 그 중 가장 흔한 것이 작두 위에서 춤추는 「무녀무신도」입니다. 칠성단이라고 하는 단을 높이 쌓아 놓고, 쌀이나 떡시루 위에 작두날을 세워 놓은 뒤 날에 올라 엄숙한 표정으로 춤추는 여자무당 그림이지요. 이런 그림에서 무당은 양손에 칼을 머리 방향으로 들고서 작두 위에 굳건히 서 있는 모습으로 그려집니다.

하지만 가끔 작두신장은 남자 장군의 모습으로 그려지기도 합니다. 이때 작두신장은 갑옷 차림으로 작두를 양손에 높이 들고 서 있습니다. 또는 관청 도복을 입은 남자가 작두를 들고 서 있기도 합니다. 이 경우 주인공은 눈이 위로 찢어져 표정이 무척 사나워 보이며, 전체로 보아 위엄 있는 모습을 하고 있습니다.

작두신장은 작두로써 무당의 힘과 재주를 시험하기도 하지만, 작두를 무기 삼아 나쁜 귀신을 쫓기도 합니다. 신의 세계에도 좋은 신이 있고 나쁜 신이 있다면, 작두신장을 비롯한 신장들은 좋은 신을 지켜 주는 믿음직한 수호신이라 할 수 있습니다. 잡귀로부터 사람들을 지켜 주기도 하니, 이래저래 신장들은 백성들의 든든한 동무입니다.

삼태육성게대신장

"하늘은 별빛으로 사람의 일을 경계하니, 슬기로운 사람은 별
빛의 밝고 어두움을 살펴 하늘의 가르침을 읽는 것이다. 별빛
이 어둡거나 붉거나 희게 변하면 마땅히 삼가고 두려워할 일
이다."

삼태육성제대신장은 삼태성을 비롯한 하늘의 별을 지키는 신장
입니다. 삼태성은 뭇 별을 대표하는 별로서, 세상의 변화를 그 빛
으로 알려 주는 구실을 합니다. 밤하늘의 삼태성은 밝고 큰 별 세
개가 나란히 떠 있는 모습으로 보이지만, 자세히 보면 큰 별 아래
에 작은 별이 쌍을 이루고 있음을 알 수 있습니다. 그래서 별은
모두 세 쌍 여섯 개이며, 이로써 삼태육성이라는 이름을 갖게 되
었습니다.

옛날 사람들은 삼태육성의 빛을 살펴 세상의 일을 점쳤습니다.
가령, 임금이 전쟁을 좋아하면 첫 번째 윗별이 멀게 보이고 색깔
이 붉어집니다. 만약 임금이 방탕하고 놀기 좋아하면 첫 번째 두

174

별이 붙어 버리고, 임금이 연약해서 신하들에게 휘둘리면 그 두 별이 어두워집니다. 두 번째 윗별이 붉어지는 것은 신하가 반란을 일으켜 병사를 이끌고 임금을 칠 조짐입니다. 만약 외적이 나라에 쳐들어와 변방이 소란스러워지면 두 번째 아랫별이 성기고 가로놓이며 색깔이 희게 변합니다. 신하들이 백성들을 괴롭히고 나쁜 짓을 일삼으면 두 번째 아랫별이 붉게 변합니다. 만약 백성들이 법을 따르지 않고 죄를 지으면 첫 번째 아랫별이 어두워지고, 백성들이 사치하고 게으르면 세 번째 두 별이 벌어지고 색깔이 희게 됩니다.

이런 식으로 별빛을 살펴 나라의 일을 점친 것을 점성술이라 하였습니다.

삼태육성제대신장은 바로 이 삼태성을 비롯한 별들을 수호하는 신장입니다. 구름을 타고 하늘을 마음대로 날아다니며 나쁜 귀신으로부터 별들을 지켜 주지요. 겉보기에 그다지 무서워 보이지는 않지만, 실은 번개처럼 재빠르고 천둥처럼 용맹스러워 어떤 귀신도 그를 당해낼 수 없습니다. 밤하늘에 반짝이는 수많은 별은 이 신장이 있어 마음 놓고 잠들 수 있습니다.

팔만사천제대신장

"사람의 마음속에 도사린 괴로움은 팔만사천 가지이고, 그것을 다스리는 길도 팔만사천 가지니라. 이 팔만사천 가지 인간의 일을 모두 칠성신이 주관하는 바이니, 그 가르침을 따라 자신을 낮추고 남을 높이면 반드시 복을 받으리라."

팔만사천제대신장은 칠성신을 지키는 신입니다. 칠성신은 북두칠성의 모습으로 사시사철 하늘에 떠 있어 사람들의 우러름을 받는 신입니다. 칠성신은 인간세상에서 일어나는 많은 일을 다스리기 때문에, 사람들은 무엇인가 간절히 바라는 것이 있을 때면 칠성신에게 빌었습니다. 수명을 늘려 달라든지 복을 달라든지 가난을 면케 해 달라든지 하는 모든 소원이 칠성신에게 바쳐졌던 것이지요.

사람들은 죽은 이의 명복을 빌 때도 칠성신에게 의지했습니다. 옛날에는 사람이 죽으면 구멍 일곱 개를 뚫은 널빤지에 시신을 눕혔는데, 이것을 칠성판이라 하였습니다. 죽어서 칠성신의 도움으로 좋은 곳에 가라는 산 사
람의 염원이 담긴 것이었지
요. 또 무당이 굿을 할 때 굿판
에 내려온 신들을 즐겁게 해주
는 의식으로 열두 거리라는 것
이 있는데, 이 중에서 사람의
수명을 비는 제석거리가 바로
칠성신에게 바쳐지는 것입니다. 이처럼
칠성신은 옛날부터 백성들에게 사랑 받는 신으로 떠받들려 왔습
니다.

팔만사천제대신장은 칠성신의 다스림을 받으며 그를 지켜 주
는 신장인데, 팔만사천이라는 이름이 말해 주듯이 그 수가 여럿
입니다. 팔만사천이라는 수는 사람의 번뇌를 가리키기도 하지만,
그냥 많다는 뜻으로 쓰이기도 합니다. 칠성신의 수호신장을 팔만
사천제대신장이라고 하는 것도 그 수가 많다는 뜻이지요.

팔만사천제대신장은 다른 신장들과 마찬가지로 용맹스러운 군
신입니다. 하지만 싸움을 즐긴다기보다는 평화를 사랑하여, 나쁜
귀신이 해코지하지 않는 한 무력을 쓰는 일은 없습니다. 다만 그
자리를 지키는 것만으로도 든든하여, 칠성신뿐 아니라 다른 여러
신과 사람들까지 마음을 놓게 되는 신장입니다.

산신군웅신장

"어흥, 나로 말할 것 같으면 산신령을 모시는 신장이다. 불꽃
같은 눈과 칼 같은 이에 늠름한 내 틀거지를 보고 놀라지 않
는 이 없으리라."

산신군웅신장은 산신령을 지키는 신장으로서, 대개는 호랑이 모
습으로 나타납니다. 등에 산신령을 태우고 다니기도 하고, 산에
사는 사람들과 여러 짐승을 지켜 주기도 합니다. '군웅'이라는 이
름으로 보아 용맹스럽고 싸움에 능한 신장임에 틀림없습니다.

　우리 나라에는 산이 많아서 옛날부터 백성들은 산을 삶의 터전
으로 생각하며 살았습니다. 농사꾼은 산밭에서 농사를 짓고, 나
무꾼은 산에서 나무를 했지요. 아낙네들은 산골에서 고사리를 꺾
고, 심마니들은 산에서 산삼을 캤습니다. 그러는 가운데 자연히
산을 지키는 산신령에 대한 믿음이 싹트기 시작했을 것입니다.
호랑이는 산에 사는 짐승 중에서 가장 크고 힘도 세었기 때문에,
이를 산신령의 수호신으로 여기게 되었겠지요.

산신군웅신장은 다른 말로 상산별군웅 또는 상산대감이라고도 합니다. 산신령을 도와 산을 지키는 일은 물론이고, 산 아래 옹기종기 모여 선 마을도 지켜 주지요. 산촌에 산신당이 있어 산신령과 산신군웅신장을 모시고 제사를 지내는 것도, 이들이 마을을 지키고 복을 가져다 준다고 믿었기 때문입니다.

호랑이에 얽힌 옛이야기는 참으로 많습니다. 옛이야기에 나오는 호랑이는 크게 두 가지 모습으로 나타나는데, 하나는 인자한 모습이고 하나는 사나운 모습입니다. 호랑이가 인자한 모습으로 나타날 때, 이는 산신군웅신장의 화신인 경우가 많습니다. 산신군웅신장은 때때로 사람을 징계하기도 하지만, 결코 사납거나 모질지 않아서 사람이 잘못을 뉘우치면 금방 용서해 줍니다. 만약 호랑이가 사람을 물어 가거나 해코지한다면, 이는 결코 산신군웅신장의 모습이 아닙니다. 그냥 사나운 짐승이거나, 아니면 나쁜 귀신이 둔갑했을 가능성이 많지요. 이런 호랑이는 사납기만 한 것이 아니라 십중팔구 어리석기까지 하니, 이를 두고 어찌 신장의 모습이라 할 수 있겠습니까?

벼락신장

"세상에 몹쓸 죄를 지은 자는 내 우레와 벼락을 피해 갈 길 없으니, 마땅히 삼가고 두려워할 일이다. 죄 중에서 가난한 사람을 업신여기고 괴롭히는 죄는 더욱 크니, 오만한 자 이를 잊어서는 안 될 것이다."

벼락신장은 우레와 벼락을 관장하는 신장입니다. 옥황상제와 용왕, 또는 다른 신의 명을 받아 천둥번개를 일으키고 벼락을 내립니다. 천둥번개는 장차 비바람이 몰아칠 것을 알리고, 벼락은 가끔 죄 지은 사람을 징계합니다. 그래서 옛날 사람들은 우레와 벼락이 치면 하늘이 노한 것으로 알고 삼가며 두려워했습니다. 이러한 믿음은 사람들로 하여금 혼자 있을 때도 몸가짐을 조심하게 하였습니다.

옛날 옥황상제 천지왕이 총명부인과 혼인하려고 인간세상에 내려 왔을 때, 수명장자라고 하는 부자가 나쁜 짓을 일삼았습니다. 수명장자는 쌀을 꾸러 온 총명부인에게 모래 섞인 쌀을 꿔 주고는 나중에 두 배로 갚으라고 했습니다. 수명장자는 그렇게 가난한 사람을 우려먹고 부자가 된 것입니다. 수명장자 딸은 가난한 사람에게 일을 시킨 뒤 썩은 장을 주었고, 수명장자 아들은 마소에게 오줌을 먹였습니다. 이를 안 옥황상제는 곧 우레장군에게 명하여 수명장자 집에 벼락을 내리게 하였는데, 이 우레장군이 곧 벼락신장이지요.

벼락신장은 용의 몸에 사람 얼굴을 하고, 자신의 배를 두드려 소리를 낸다고 합니다. 하지만 이와 다른 벼락신장의 모습도 얼마든지 있을 수 있습니다. 옛날부터 신은 크고 작은 권능을 가지고 사람들의 삶을 지배해 왔지만 그 신을 만든 것은 다름 아닌 사람들이었기 때문에, 그 모습도 사람들의 상상 속에 자리잡아 왔던 것입니다. 사람들이 두려워하면 무서운 모습으로, 사람들이 좋아하면 친근한 모습으로 신의 모습이 바뀌는 까닭이 여기에 있습니다.

오랜 옛날에는 사람들이 죄를 지을 때마다 벼락신장이 벼락을 내려 벌을 주었다고 합니다. 워낙 자주 벼락이 내리쳐 사람들이 마음놓고 살 수 없게 되자, 한 장사가 벼락장군이 내려보낸 벼락 칼을 붙잡아 분질러 버렸다네요. 그 뒤로는 벼락이 치긴 치되 자주 치지 않고, 벼락칼도 도막칼이 돼서 얼른 나왔다가 금세 들어가게 됐답니다.

오방신장

"잡귀가 온다더냐, 저승차사가 온다더냐? 어느 누가 오더라도 우리에게 맡겨 다오. 동서남북에 가운데까지, 다섯 곳을 우리가 굳게 지키면 누가 감히 범접하리."

동서남북 네 곳에 가운데를 더하여 다섯 방위를 지키는 신장이 오방신장입니다. 옛날부터 오방신에 대한 믿음은 우리 겨레의 삶 속에 깊이 뿌리내려 왔지요. 집에도 다섯 방위가 있어, 만약 오방신장이 지켜 주기만 하면 어떤 잡귀도 들어오지 못한다고 믿었으니까요.

　오방신장을 하나하나 살펴볼까요? 먼저 동쪽을 지키는 동방청제신장은 푸른 옷을 입고 언월도를 비껴들고 섰는데, 집안의 우환을 관장합니다. 서쪽을 지키는 서방백제신장은 흰 옷을 입고 삼지창을 치켜들고 섰는데, 죽은 이의 명복을 맡아 봅니다. 남쪽을 지키는 남방홍제신장은 붉은 옷을 입고 장검을 빼어들

동방청제

고 섰는데, 재물과 복을 다스립니다. 북쪽을 지키는 북방흑제신장은 검은 옷을 입고 무쇠방망이를 꼬나들고 섰는데, 사람의 죽음을 주관합니다. 가운데를 지키는 중앙황제신장은 누런 옷을 입고 부채를 쥐고 섰는데, 조상을 모시고 제사를 지내는 일을 담당합니다.

오방신장은 다른 말로 오방장군 또는 오방대제라고도 하며, 각각 이름이 있어 그것으로 불리는 경우도 있습니다. 가령 동방청제신장은 '태호'와 '복희', 서방백제신장은 '염제'와 '신농', 남방홍제신장은 '소호'와 '금천', 북방흑제신장은 '전욱'과 '고양', 중앙황제신장은 '황제'와 '헌원'이라는 별명을 가지고 있지요.

옛날 사람들은 집안에 나쁜 일이 생기면 오방신장을 불러 액을 물려 달라거나 집을 지켜 달라고 빌었습니다. 만약 오방신장이 집주인을 좋아한다면 쉽게 부탁을 들어 줄 것입니다. 그렇게만 되면, 용감한 신장이 다섯이나 되니 얼마나 마음 든든할까요? 하지만 평소에 집주인의 정성이 모자랐다면, 큰 공을 들여도 오방신장을 불러내기는 쉽지 않을 것입니다.

서방백제   남방홍제   북방흑제   중앙황제

치우천왕

"나는 동방 배달국의 왕으로, 날램과 용맹으로 말하면 나를 당할 자가 없다. 능히 도깨비부대를 부리며 풍백·운사·우사로 하여금 바람과 구름과 비를 일으키게 하니, 사람의 힘으로 어찌 나를 이기랴. 다만 귀신에게 홀려 싸움에서 패하니 두고두고 원통할 뿐이다."

치우천왕은 옛날 환인이 다스리던 환국의 뒤를 이은 배달국의 왕으로 알려져 있습니다. 다른 이름으로는 자오지천왕 또는 자오지환웅이라고도 합니다.

치우천왕은 구리로 된 머리와 쇠로 된 이마를 자랑하는 용맹스런 군신입니다. 전쟁터에서는 마음먹은 대로 안개를 일으키며, 우레를 부르고 비를 내려 산 모양과 강 줄기를 바꿀 수 있었습니다. 배달국을 다스릴 때에는 땅에서 광석을 캐내어 쇠붙이를 만드는 기술을 백성들에게 가르쳤습니다. 치우천왕의 모습은 여러 가지로 전해집니다. 팔다리가 여덟 개이고 머리가 둘이라는 말도 있고, 몸뚱이는 사람인데 발은 소 발굽과 같고 눈이 여섯 개라는 말도 있습니다. 또 귀밑에 돋은 털이 칼날처럼 날카롭고, 머리에는 뿔이 돋았다고도 합니다.

치우천왕은 동쪽 배달국 백성들을 다스리며, 이곳을 쳐들어오는 중국의 황제와 오랫동안 싸웠습니다. 『한단고기』라는 책에 따르면 무려 일흔네 번을 싸웠다고 하는데, 그 중 일흔세 번을 이겼다고 하니 놀랍습니다. 싸울 때는 도깨비 부대를 이끌었으며, 풍백·운사·우사를 부려 날씨를 마음대로 바꾸기도 했습니다. 오랫동안 밥을 먹지 않고도 싸울 수 있었는데, 그 까닭은 모래와 돌을 밥처럼 먹었기 때문이라고 합니다.

치우천왕은 중국 황제와 일흔네 번째 싸움에서 져서 목숨을 잃습니다. 이때 치우천왕의 군대는 구리 머리에 쇠 이마를 한 용맹스런 형제들과 도깨비 부대였고, 황제의 군대는 사나운 짐승들과 날개 돋은 응룡과 여신 '발'의 부대였습니다. 치우천왕은 형제들과 함께 용감하게 싸웠으나, 끝내 괴물 가죽으로 만든 북과 같은 신비한 무기를 앞세운 황제의 군대에 패하고 말았습니다.

왕장군

"하늘을 보아도 땅을 보아도 내 힘을 당할 장사는 없을 것이
다. 신의 세상을 뒤져도 사람의 세상을 뒤져도 나만큼 용맹스
런 이는 없을 것이다. 군대가 싸움터에 나가려면 반드시 나에
게 고해야 할 것이며, 싸움에서 이기려면 반드시 나에게 빌어
야 할 것이다."

왕장군은 강남 천자국 군웅신입니다. 군웅신은 군대가 싸움에서
이기고 지는 것을 주관하는 신이지요. 왕장군은 군웅신답게 힘세
고 용맹하기가 둘째가라면 서러워할 신입니다.

옛날 동해용왕과 서해용왕이 밤낮으로 싸울 때 일입니다. 둘의
힘과 지혜가 어슷비슷해서 몇 해를 두고 싸워도 결판이 나지 않
았지요. 그러던 어느 날 동해용왕은 '우르릉 쿵쾅' 천지가 진동하
는 소리를 듣고, 대체 무슨 소린가 하고 신하들에게 물었습니다.
"저것은 해동국 거인 왕장군이 나무를 베어 쓰러뜨리는 소리입니
다.", "오호, 나무 베는 소리가 저만하면 그 힘은 헤아릴 수 없을

것이다." 동해용왕은 곧 아들을 시켜 왕장군을
데려오라고 했습니다. 해동국에 간 용왕 아
들은 갖가지 좋은 말로 왕장군
을 꾀었지만, 왕장군은 꿈쩍도 하
지 않았습니다. 그러다가 누나를 아내
로 맞게 해주겠다는 말에 왕장군은 두
말 없이 용왕 아들을 따라나섰습니다.
용궁에 간 왕장군은 무쇠 활을 쏘아
서해용왕을 물리치고, 그 보답으로
벼루상자를 얻어서 집으로 돌아왔습니다. 벼루상자에는 동해용
왕의 딸 용녀가 들어 있었고, 둘은 혼인하여 아들딸 낳고 잘 살다
가 나중에 군웅신이 되었습니다.

왕장군과 용녀 사이에 태어난 자식은 왕금·왕빈·왕사랑으로,
이들 또한 나중에 아버지를 따라 군웅신이 되었습니다. 옛날 사
람들은 나라마다 그 나라를 지켜 주는 군웅신이 있어서 군대가
싸움에서 이기도록 도와준다고 믿었습니다. 그런가 하면 민간에
서도 군웅신을 섬겼는데, 그 용맹스러움으로 집안에 드는 액과
화를 물리칠 수 있다고 믿었기 때문이지요. 왕장군은 군웅신 중
에서도 으뜸가는 신으로서, 옛날부터 많은 사람의 사랑을 받아
왔습니다.

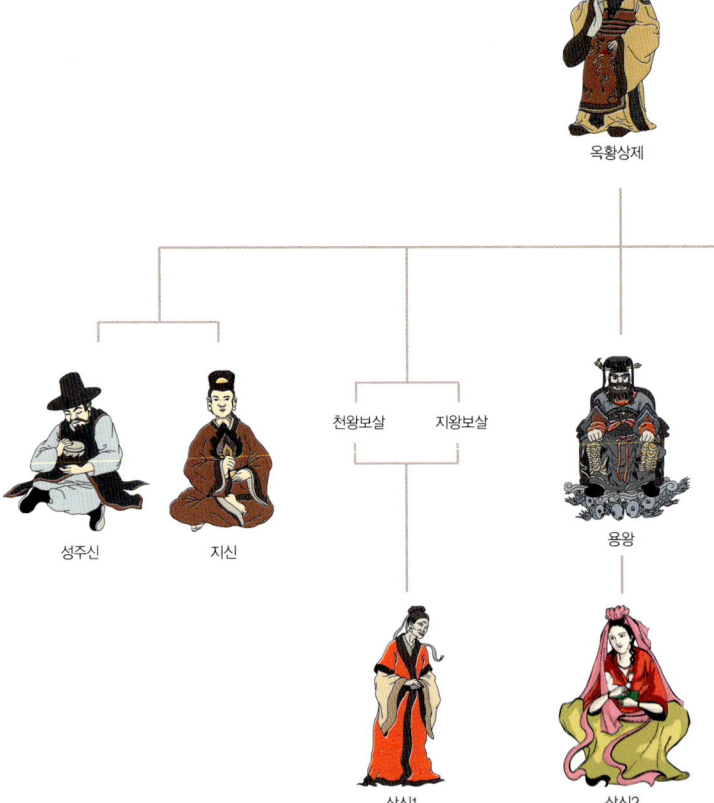

옥황상제

천왕보살　지왕보살

성주신　　　　지신　　　　　　　　　　용왕

삼신1　　　　　　　　삼신2

집지킴이신

집을 지켜 주는 신들입니다. 옛날 사람들은 집안 곳곳에 신을 모셔 두고 섬기면서
복을 빌고 액을 물렸습니다. 대들보에는 성주신, 앞마당에는 지신, 큰방에는 삼신,
부엌에는 조왕신, 대문간에는 문왕신이 있었습니다. 또 뒷간에는 측신,
외양간엔 마부왕, 곳간에는 업왕신, 장독간엔 철융신, 대청마루엔 안당신을 모셨습니다.
이 집지킴이신들은 집안을 지키며 복과 재물을 가져다 주었지만,
만약 식구들이 그릇된 일을 하면 경계하는 뜻으로 화를 불러오기도 하였습니다.

조왕신 ———— 남선비 ———— 측신   마부왕   업왕신   철융신   안당신

문왕신

성주신

"집안에 내가 있으니 아무 걱정 말라. 헐어진 집은 고쳐 짓고 무너진 집은 다시 지을 것이다. 연장을 마련하되 큰 도끼 작은 도끼, 큰 자귀 작은 자귀, 큰 톱 작은 톱, 큰 집게 작은 집게에 대패, 끌, 줄, 먹통, 물푸레나무로 만든 먹자를 대령하라."

이것은 성주신의 호령 소리입니다.

집지킴이신은 집을 지키는 신이지요. 집안 어디에 어떤 신이 있는지 살펴보면, 먼저 대들보에는 성주신이 있고, 앞마당에는 지신이 있습니다. 큰방에는 삼신이, 부엌에는 조왕신이, 장독간에는 철융신이, 곳간에는 업왕신이 있습니다. 그뿐인가요? 문간에는 문왕신, 외양간에는 마부왕, 대청마루에는 안당신, 뒷간에는 측신이 자리잡고 있지요. 이렇듯 집안 곳곳을 신들이 지켜 주고 있으니 집주인은 마음이 든든하겠지요.

성주신은 본디 황우양이라 불리는 솜씨 좋은 목수였습니다. 하늘나라 옥황궁이 회오리바람에 무너지자, 옥황상제 명을 받고 하

190

늘로 올라가 궁궐을 다시 짓는 일을 맡았지요. 이때 땅 세상에서는 소진들 건달 소진랑이 황우양이 없는 틈을 타 재물을 다 빼앗고 그 부인까지 잡아갔습니다. 꿈을 꾸고 위기를 느낀 황우양은 삼 년 걸려 할 일을 석 달 만에 해치우고 땅으로 내려와 소진랑을 물리치고 재산과 아내를 되찾았습니다.

이 인연으로 황우양은 집을 지키는 성주신이 되고, 부인은 집터를 지키는 지신이 되었습니다. 이 부부는 아들 다섯과 딸 다섯을 두었는데, 아들들은 다섯 방향 땅을 지키는 오토지신, 딸들은 다섯 방향 길흉을 점치는 오방부인이 되었습니다.

성주신은 대청마루 높은 곳이나 대들보에 모십니다. 보통 단지 안에 쌀을 넣어 두는데 이것을 성주단지라 합니다. 성주신은 집 안에 나쁜 일이 생기거나 식구들이 화목하지 못하면 집을 나갑니다. 성주신이 지켜 주지 않는 집은 화를 입을 수 있기에 옛날 사람들은 성주신 모시기를 조상 모시듯 하였습니다. 명절이나 집안에 큰일이 있을 때마다 성주상을 차려 놓고 집안의 평안을 비는 풍습은 이래서 생겼습니다.

지신

"내 일찍이 개똥밭에 땅굴을 파고 구메밥을 먹고 지내면서, 누에 키워 명주실 뽑아 베 짜는 일을 밤낮으로 하였더니 한나절에 속명주 걸명주를 마흔 자씩 짜는 재주를 익혔도다. 이 재주로 집터를 지켜 줄 것이니, 식구마다 삼가면 저절로 복을 받으리라."

집지킴이신들 중에서 집터를 지켜 주는 신은 지신입니다. 지신은 본디 성주신인 황우양의 부인이지요. 남편 황우양이 옥황궁을 지으러 하늘로 올라간 뒤에 소진랑의 집에 끌려가는 신세가 되지만, 스스로 개똥밭에 땅굴을 파고 들어가 구메밥을 먹으면서 길쌈하는 법을 익혔습니다. 심지가 굳고 슬기로워 어려움을 잘 헤쳐나간 덕분에, 나중에 남편을 다시 만나 복을 누리다가 옥황상제 명으로 지신이 되었습니다.

지신은 집터를 지키면서 집안을 일으키는 일을 맡아 봅니다. 집안에 나쁜 기운이 들어오지 못하게 지킬 뿐만 아니라, 땅을 기름지게 하여 농사를 잘 되게 해줍니다. 식구들이 모두 삼가고 덕을 쌓으면 재물을 불러 집안을 융성하게 하지요.

옛날 사람들은 여러 방법으로 지신을 모셨습니다. 짚으로 오쟁이를 만들어 그 안에 베 석 자와 짚신 한 켤레를 넣은 다음 나뭇가지에 걸어 두기도 하고, 앞마당에 구덩이를 파고 쌀을 백지나 베에 싸서 묻어 놓기도 했습니다. 새해가 되면 온 마을 사람이 지신을 위로하려고 집집마다 들러 풍물을 치면서 놀았는데, 이를 지신밟기라 합니다.

지신은 터주신과 같은 신으로 알려져 있지만, 이 둘을 다른 신으로 보는 이들도 있습니다. 지신은 사람이 정성을 다해 빌면 곧잘 소원을 들어주기도 합니다. 옛날에 가난하여 장가 못 간 노총각이 지신한테 장가갈 밑천 좀 달라고 빌었더니, 그날 저녁에 당장 돈 삼백 냥이 생기더라는 얘기가 있습니다. 어떻게 된 일인고 하니 그날 마침 소도둑이 들어 소를 훔쳐 갔는데, 도중에 소가 고삐를 끊고 돌아오는 바람에 소등에 실은 돈 삼백 냥까지 함께 들어오게 됐다는 거지요. 아무래도 지신은 행운을 가져다 주는 신인 듯합니다.

삼신

"아기 낳을 어머니 몸에 살 살려 석 달 열흘, 피 살려 석 달 열흘, 뼈 살려 석 달 열흘, 이렇게 열 달 만에 아기를 낳게 하되, 늘어진 뼈 당겨 주고 오그라든 뼈 늘춰 주어 고이 낳게 합니다. 아기가 나오면 머리를 동쪽으로 하고 탯줄을 잘라 명주실로 매어 준 뒤 더운물에 씻기고, 잠귀가 범접 못하도록 금줄을 쳐 줍니다."

삼신이 옥황상제께 아뢰는 말입니다. 삼신은 아기를 배고 낳게 해주는 신으로, 보통 삼신할머니, 삼신할멈, 삼신할미라 부릅니다.

옛날 동해용왕 따님아기가 너무 버릇없이 굴다가 인간세상으로 쫓겨왔습니다. 동해용왕 따님아기는 인간세상에서 삼신 노릇을 하며 사람들에게 아기를 점지해 줬지만, 아무 것도 배우지 못해 아무렇게나 하다 보니 세상이 엉망이 되어 버렸습

194

니다. 이를 딱하게 여긴 옥황상제는 명진국 따님 아기를 불러 삼신 노릇하는 법을 가르친 뒤 인간세상에 내려보냈지요.

땅 세상에 삼신이 둘 있게 되자 다툼이 일어나 또 시끄러워졌습니다. 옥황상제는 두 삼신을 하늘로 불러 시험을 본 끝에 명진국 따님아기를 이승삼신으로, 동해용왕 따님아기를 저승삼신으로 삼았습니다. 저승삼신은 샘이 나서 아기를 잘 자라게 해주는 서천꽃밭 꽃 한 송이를 꺾어 버렸는데, 아기가 태어나 잘 자라지 못하거나 병에 걸리는 것은 이 때문이라고 합니다.

삼신할머니는 금백산 아래에 으리으리한 다락집을 짓고 살면서 문 밖에 예순 동자, 문 안에 예순 동자를 거느리고 온 세상 어머니가 아기 배고 낳는 일을 주관합니다. 벼루에는 삼천 장 먹을 갈아 놓고, 한 손에 환생꽃을 들고 한 손에 번성꽃을 들고, 앉아서 천 리를 보고 서서 만 리를 본다고 합니다. 환생꽃은 죽은 이를 살리는 꽃이요, 번성꽃은 아기를 많이 태어나게 하는 꽃입니다.

인간세상에 아기 바라는 사람이 많게 되자, 삼신할머니는 살아생전 산파 노릇을 잘 한 할머니들을 시녀로 삼아 땅 세상으로 내려보냈습니다. 이것이 집집마다 삼신을 모시게 된 내력입니다.

조왕신

"부뚜막을 깨끗이 하고 먹을 것을 귀히 여기면 온갖 병과 액으로부터 부엌을 지켜 줄 것이다. 하지만 부뚜막을 더럽히고 먹을 것을 함부로 다루면 잡귀에게 길을 내주고 화를 불러들일 것이니 명심하렷다."

부엌을 지키는 신은 조왕신입니다. 조왕할머니 또는 조왕각시라고도 하지요.

옛날 남선고을에 사는 남선비는 장사하러 오동고을에 갔다가 노일자대의 꾐에 빠져 재물을 다 털리고 눈까지 멀어 거지꼴이 됩니다. 남선비의 본처 여산부인도 남편을 찾으러 오동고을에 갔다가 노일자대의 꾐에 빠져 주천강 연못에 빠져 죽습니다. 노일자대는 남선비의 본부인 노릇을 하며 남선고을에 돌아가지만, 의붓아들 녹두생이를 죽이려다 되레 자기가 죽습니다. 녹두생이를 비롯한 일곱 아들은 주천강 연못물을 다 퍼내고 환생꽃으로 어머니를 살려 함께 잘 살게 됩니다.

196

뒷날 옥황상제는 여산부인에게 "오랫동안 차가운 연못 속에 있었으니 몸인들 좀 추웠겠느냐? 이제부터는 언제까지나 따뜻한 부엌에서 살도록 하라."면서 조왕신이 되게 했습니다.

옛날 사람들은 여러 방법으로 조왕신을 모셨습니다. 부엌 부뚜막에 조왕보시기라는 물그릇을 놓아 두기도 하고, 부엌의 바람벽에 백지를 붙여 놓기도 했지요. 또 부엌 선반에 삼베조각을 담은 바가지를 올려 놓기도 하고, 접은 종이와 북어를 걸어 두기도 했습니다. 이웃에서 음식이 들어오면 먼저 조왕신에게 바치고, 철에 따라 찰밥이나 팥죽을 부엌 벽에 발라서 조왕신을 대접했습니다.

조왕신은 부뚜막을 더럽히는 것과 음식을 함부로 다루는 것을 가장 싫어합니다. 그래서 집안 식구들이 부뚜막을 흙발로 밟거나 남은 밥을 버리거나 하면 당장에 조왕신의 노여움을 사지요. 칼같이 끝이 뾰족한 물건을 부뚜막에 함부로 던져 두어도 마찬가지입니다. 조왕신이 노하면 길가는 잡귀를 일삼아 불러들여 식구 중 누군가가 병에 걸리기도 하고, 외양간의 가축이 쓰러지기도 합니다. 그래서 옛날 사람들은 언제나 부엌을 깨끗이 하고 몸을 삼가며 먹을 것을 아끼고 소중하게 여겼지요.

문왕신

"대문은 집의 얼굴이니 늘 깨끗이 하고 함부로 다루지 말라. 높은 솟을대문이나 작은 사립문이나 중하기는 매일반이니 문에 어찌 층하가 있겠느냐? 문은 닫아 두어 지키기보다 열어 두어 맞이하는 쓸모가 더 큰 것이니 대문간에 든 손님은 누구든 반가이 맞으라."

문왕신은 문을 지키는 신으로서 문신 또는 문전신이라고도 합니다. 문 중에서 대문은 집으로 들어가는 첫째 들머리로서, 남선비와 여산부인 사이에서 난 일곱 아들 중 막내아들 녹두생이가 이곳을 지킵니다. 뒷문은 여섯째 아들이 지키고, 나머지 다섯 아들은 오방신장이 되어 터주신 구실을 합니다.

　조왕신 이야기를 알면 문왕신의 내력도 알 수 있습니다. 여산부인을 주천강 연못에 빠뜨리고 남선비의 본부인 노릇을 하던 노일자대가 의붓아들마저 죽이려 들자, 녹두생이가 형들과 함께 그 속내를 밝혀내지요. 그 뒤 죽은 어머니를 찾아 환생꽃으로 살려

198

내는 일에도 녹두생이가 앞장섭니다. 그 덕에 녹두생이는 비록 일곱 형제 중 막내이지만 문 중에서 가장 중요한 대문을 지키는 신이 되었습니다.

녹두생이는 비록 어리지만 침착하게 자신에게 닥친 어려움을 이겨내고 잘못된 일을 바로잡았습니다. 그러한 슬기와 용기가 그를 신의 자리로 이끌었습니다. 문왕신은 종종 푸른 옷을 입은 소년의 모습으로 나타나는데, 이것은 녹두생이가 살았을 때 모습입니다.

옛날 사람들은 문을 집안으로 온갖 것이 드나드는 곳이라 하여 소중히 여겼습니다. 사람뿐 아니라 복도 행운도 문으로 드나든다고 여겼지요. 그래서 언제나 대문을 잠그지 않고 활짝 열어 두었습니다. 낯선 이가 문간에 와서 밥을 청하면 밥을 대접했고, 방을 청하면 방을 내주었습니다. 그러던 것이 세상 인심이 점점 메말라지면서 어느 집이나 할 것 없이 대문을 꼭꼭 잠그고 살게 되었습니다. 문왕신이 오늘날 우리가 사는 모습을 본다면 크게 실망할지도 모릅니다.

측신

"뒷간을 드나들 때는 반드시 헛기침이나 발소리로 알려라. 그렇지 않으면 화가 있으리라. 밤에는 시끄러운 소리를 내지 말 것이며, 아이들을 뒷간 근처에서 놀게 하지 말라. 만약 이를 가벼이 여기고 삼가지 않으면 동티가 날 것이다."

뒷간을 지키는 측신은 집지킴이신 중에서 가장 마음씨 고약한 신입니다. 조왕신 이야기에 나오는 남선비의 첩실 노일자대가 바로 이 신이니까요. 본부인을 연못에 빠뜨려 죽게 하고, 그것도 모자라 의붓아들까지 죽이려 했으니 그 마음씨가 얼마나 고약한가요? 그 잘못이 낱낱이 밝혀진 뒤 도망치다가 뒷간 문설주에 머리를 부딪혀 죽는데, 그 인연으로 뒷간을 지키는 측신이 되었습니다.

노일자대는 옥황상제에게 벌을 받은 뒤 잘못을 뉘우치고 신의 자리에 들어섰지만, 예전의 고약한 성격을 아주 고치지는 못했나 봅니다. 걸핏하면 심술을 부려 집안 사람들을 성가시게 만드니까요. 어떤 심술을 부리는 지 알아보면, 첫째는 아이들을 곧잘 뒷간에 빠뜨리는 일입니다. 아이들이 뒷간 근처에서 놀거나 밤에 시끄러운 소리를 내었을 때 종종 그런 일이 생깁니다. 이때는 떡을 해서 상에 차려 놓고 절을 하며 빌어야 하는데, 이것은 말할 나위도 없이 측신을 달래는 의식입니다. 둘째는 식구들에게 병을 가져다 주는 일입니다. 옛날 에는 뒷간 거름을 논밭에 주어 땅을 기름지게 했는데, 이때 가끔 거름독이 올라 살갗이 퉁퉁 붓고 아픈 병에 걸리는 경우가 있습니다. 식구들이 뒷간에 드나들 때 헛기침이나 발소리로 알리지 않으면 그와 같은 동티가 난다고 했습니다.

측신은 측대부인이라고도 하며, 고약한 성격 때문에 사람들이 두려워하며 멀리하고자 하는 바가 되었습니다. 옛날에는 집을 지을 때, 뒷간은 반드시 본채에서 멀리 떨어진 후미진 곳에 지었습니다. 특히 본채의 부엌에서는 절대로 뒷간이 보이지 않게 지었지요. 부엌을 지키는 조왕신과 뒷간을 지키는 측신은 사이가 좋지 않으니, 이것은 당연한 일이라 하겠습니다.

마부왕 (외양간신)

"소는 사람과 같으니라. 누구든지 함부로 대하지 말고 한 식구처럼 귀히 여기라. 소는 신성하니 그 귀에 대고 속된 말을 하지 말라. 좋은 음식이 들어오면 반드시 소한테도 먹여라."

집지킴이신 중에서 외양간을 지키는 신이 마부왕입니다. 마부왕은 외양간에 잡귀가 드는 것을 막아 주고, 온갖 액으로부터 소를 지켜 줍니다.

먼 옛날 하늘나라 왕자가 밥을 먹을 때마다 밥알을 조금씩 흘렸습니다. 옥황상제는 여러 번 타일렀지만 왕자의 버릇이 고쳐지지 않자, 크게 화를 내며 불호령을 내렸습니다. "너는 곡식 귀한 줄을 모르고 금쪽 같은 밥알을 함부로 버리니, 그래서야 어찌 농사짓는 백성의 왕이라 하겠느냐? 게다가 한 번 저지른 잘못을 뉘우칠 줄 모르니 그 죄가 더욱 크다. 마땅히 중벌로 다스리리라." 옥황상제는 그 길로 왕자를 소로 만들어 인간세상에 귀양 보냈습니다.

소가 된 왕자는 어느 농사꾼의 집에 팔려가 쉴 새 없이 일을 했습니다. 발굽이 부르트고 살갗이 닳도록 일을 하면서 날마다 자신의 잘못을 뉘우쳤지요. 그렇게 열두 해 동안이나 일을 한 끝에 비로소 죄를 씻고 하늘로 올라갔는데, 그때의 인연으로 외양간을 지키는 마부왕이 되었습니다.

그래서 마부왕은 그 어떤 신보다도 소를 소중히 여깁니다. 소를 함부로 다루거나 굶기거나 해코지하는 사람은 반드시 마부왕의 노여움을 사게 되지요.

마부왕이 소가 되어 인간세상에 내려온 날도 정월 첫 소날이요, 귀양을 다 살고 하늘로 올라간 날도 정월 첫 소날이라, 이 날을 소의 생일로 여겨 이 날에는 소한테 일을 시키지 않습니다. 또한 이 날에는 소를 잘 먹이고 도마질과 방아찧기도 하지 않는데, 소의 귀를 거스를까봐 그렇습니다.

마부왕에게는 딸린 신도 있습니다. 구능장군은 어미소가 송아지를 잘 낳게 해주는 소의 삼신이요, 구융신은 소여물을 담는 구유를 지키는 신입니다.

업왕신 (업신)

"재물은 가뭄 끝에 빗물과 같은 것, 적어도 탈이지만 너무 많아도 탈이니라. 지나치게 많은 이가 있으면 반드시 없어서 고생하는 이가 있는 법이니, 재물이 많으면 남에게 베풀어 내 것을 덜라. 그렇지 않으면 고인 물처럼 썩어 가리라."

업왕신은 집안의 곳간을 지키는 신으로 업왕, 업신 또는 그냥 업이라고도 합니다. 곳간에는 곡식과 같은 재물이 쌓여 있으므로 곳간을 지킨다는 것은 재물을 지키는 것과 같지요.

옛날 장설룡과 송설룡 부부가 늘그막에 딸 하나를 낳았는데, 딸의 나이 열일곱에 혼자 집에 두고 벼슬을 살러 갔습니다. 도중에 일이 생겼다는 기별을 듣고 돌아와 보니, 딸은 그 사이에 배가 둥글게 불러 있었습니다. 부모는 처녀의 몸으로 아기를 밴 죄를 물어, 딸을 무쇠상자에 넣어 바다에 띄웠습니다.

바닷가 마을 사람들이 무쇠상자를 건져 뚜껑을 열어 보니 사람 여덟이 들어 있었습니다. 그 사이에 일곱 아기를 낳았던 것이지요. 여덟 모녀는 그 길로 여기저기 떠돌아다녔는데, 어디를 가든 이들을 대접하는 이는 재물이 일어 부자가 되고, 천대하는 이는 병이 나고 재물을 잃었습니다. 나중에 일곱 딸은 각각 자기 갈 곳으로 가고, 어머니는 곳간 신이 되어 항아리 뒤주에 든 곡식을 지켰습니다.

업왕신은 보통 구렁이 모습으로 나타나지만, 드물게 족제비나 두꺼비 모습으로 보이기도 합니다. 옛날 사람들은 혹 집안에 구렁이 같은 짐승이 들어도 해치거나 내쫓지 않고 그대로 두었습니다. 업왕신이 나타나 재물을 지켜 준다고 믿은 까닭이지요. 오히려 그런 짐승을 내쫓으면 재물도 따라 나가서 집안이 망한다고 여겼습니다. 이런 풍습은 목숨을 귀히 여기는 마음과 닿아 있습니다.

옛날 사람들은 업왕신을 섬기면서도 덮어놓고 재물을 불려 달라고 빈 것이 아니라, 있는 재물을 지키면서 사람의 도리를 다할 것을 다짐했습니다. 욕심이 지나치면 화가 된다는 걸 일찌감치 깨달은 사람들의 슬기로운 모습입니다.

철융신 (천룡신)

"일 년 웃음과 근심이 장맛에 달려 있다 하였으니, 장을 담글 때는 모름지기 정성을 다하고 장독간은 언제나 내 몸처럼 건사하라."

집지킴이신 중에서 장독간을 지키는 지키는 신은 철융신입니다. 철융신은 천룡신이라고도 하며, 보통 검은 탈을 쓴 노인의 모습으로 나타납니다.

옛날에는 장을 담그고 맛을 들여 간수하는 일이 매우 중요한 일이었습니다. 그래서 자연히 집안에서 장독간이 차지하는 자리도 컸지요. 보통은 장독간을 부엌에서 가까운 뒤꼍에 두었지만, 어떤 집에서는 널찍한 자리를 따로 마련하여 두기도 했습니다. 뒤꼍이 좁거나 없는 집에서는 앞마당 한 귀퉁이에 장독대를 마련하기도 했고, 부엌이 넓으면 부엌 한쪽에 장독을 늘어놓기도 했지요. 어디에 있거나 장독간은 집안에서 매우 소중한 공간이었습니다.

장은 한 번 담그면 온 식구가 한 해 동안 먹었기 때문에, 담글

때 정성을 다해야 하는 것을 물론이고 그 뒤에도 맛이 변하지 않
게 잘 건사하여야만 했습니다. 잘못했다가는 일찌감치 맛이 가버
리거나 장 속에 벌레 같은 것이 생겨 일 년 내내 장을 먹지 못 하
는 일도 있었지요. 집안에서 철융신을 섬기는 것은, 바로 이러한
일이 생기지 않게 장독간을 잘 지켜 달라는 뜻이었습니다.

장독간 둘레에는 백일홍을 심기도 했는데, 이렇게 백일홍을 심
어 놓으면 뱀이 집안에 들어오지 않는다는 말이 있습니다. 그런
데 왜 뱀이 백일홍을 무서워할까요? 옛날 동해바다에 머리 셋 달
린 커다란 뱀이 나타나 고깃배를 삼키는 일이 있었습니다. 바닷
가 마을에 살던 한 어부가 뱀을 물리치러 배를 타고 바다로 나갔
습니다. 떠나기 전에 아내와 약속하기를, 만약 자기가 살아 돌아
오면 흰 돛을 달고 죽으면 붉은 돛을 달고 돌아오겠다고 했지요.
며칠 뒤 어부는 뱀을 물리치고 집으로 돌아오는데, 뱀과 싸울 때
흘린 피로 돛이 붉게 물들어 있었습니다. 그
것을 본 아내는 남편이 죽은 줄만 알고 바다
에 뛰어들었고, 뒤늦게 남편도 아내를 따
라 바다에 뛰어들었습니다. 이 부부
의 무덤에서 핀 꽃이 바로 백일홍
이라네요.

안당신 (안당불사)

"조상을 섬기고 서로 화목하여라. 집안을 깨끗이 하고 세간을 소중히 다루어라. 대청마루는 손님들과 식구들이 모이는 곳이니 더욱 정결하게 하고 시끄러운 소리를 내지 말아라. 그렇게만 하면 모두 복을 받을 것이니라."

안당신은 대청마루를 지키면서 집안 식구들의 수명과 복을 관장하는 신입니다. 집안 구석구석을 속속들이 잘 알고 있고 자질구레한 세간들을 지키기 때문에 보통 인자한 아주머니나 할머니 모습으로 나타나지요. 안당신은 심지어 장롱 속에 옷이 몇 벌 들어 있는지, 방문 창호지에 구멍이 몇 개 났는지도 다 알고 있을 만큼 자상한 신입니다.

안당신은 조상신과 사이가 좋아서 집안에 일어난 일을 조상신에게 고하는 일도 합니다. 집안의 평안을 비는 성주굿을 할 때도 제일 처음 안당부터 챙기는데, 조상상을 함께 차려 놓고 후손이 하는 일을 고합니다. 그리고 보면 안당신은 집안 일을 두루 주관하는 안방 할머니와 같은 구실을 하나 봅니다.

집지킴이신들은 집안 곳곳을 나누어 지키는데, 서로 돕거나 간섭하는 일 없이 무덤덤하게 맡은 일을 하는 편입니다. 성주신이 집지킴이신 중 으뜸가는 신이긴 하지만, 다른 신들을 부리거나 이래라저래라 하는 일은 없습니다. 집안 식구들 정성에 따라 일을 잘 하기도 하고 게으름을 피우기도 합니다. 가령 어떤 집에서 대청마루와 부엌은 깨끗이 하면서 장독간과 대문간을 더럽혔다면, 잡귀가 범접할 때 신들의 태도가 저마다 달라집니다. 안당신과 조왕신은 어쨌든 집안을 지키려고 애를 쓰지만, 철융신과 문왕신은 잡귀가 들어오거나 말거나 내버려두는 식이지요. 그래서 옛날 사람들은 집안 어느 곳이라도 소홀히 해서는 안 된다고 여겼습니다.

안당신을 비롯한 집지킴이신들을 모시는 때는 정해져 있습니다. 보통 설날, 정월대보름, 유두, 칠석, 백중, 추석, 중양절, 동짓날 같은 명절 아침에 제를 올려 신들을 위로합니다.

옥황상제

쥐신 소신 호랑이신 토끼신 용신 뱀신

열두띠신

열두 짐승이 신으로 들어섰습니다. 쥐, 소, 호랑이, 토끼, 용, 뱀, 말, 양, 원숭이,
닭, 개, 돼지가 그들입니다. 옛날 사람들은 이 열두띠신(십이지신)으로 해를 세고 나달에
이름을 붙이고 시각을 정했습니다. 또 방위를 나누고 사람의 팔자를 점치기도 하였습니다.
무속을 미신이라 하여 얕잡아본 양반사대부들도 이 열두 신만큼은 멀리하지 않았습니다.
말하자면 우리 조상의 삶 속에 깊숙이 뿌리내린 신들이라 할 수 있습니다.
열두 짐승은 각양각색이지만, 그 차례가 있을 뿐 위아래는 없어 모두 평등합니다.

말신　　　　　양신　　　　　원숭이신　　　　닭신　　　　　개신　　　　　돼지신

쥐신(자신)

"나는야 쥐신, 열두 띠 신 중에서 제일가는 신이라네. 나는야 똑똑하고 슬기로운 신, 세상에 모르는 것이 없다네. 사람들아, 궁금한 게 있으면 나한테 물어 보렴. 온 세상 비밀을 무엇이든 알아내어 가르쳐 줄 테니."

멀고 먼 옛날, 하늘나라 옥황상제가 땅 세상 짐승들에게 벼슬을 내려주려는 생각을 했습니다. 그래서 온 세상 짐승에게 이렇게 알렸습니다.

"너희들은 지금 당장 그곳을 떠나 내가 있는 옥황궁으로 오너라. 누구든지 먼저 이곳에 닿는 차례대로 벼슬을 내려주마. 땅에서 하늘까지는 머나먼 길이니 쉬지 않고 부지런히 걸어야 할 것이야."

그 말을 들은 짐승들은 곧 길을 떠났습니다. 부지런한 소가 밤낮으로 쉬지 않고 걸어서 가장 먼저 옥황궁에 닿았습니다. 소가 막 궁궐 문을 들어서려고 하는데, 난데없이 쥐가 눈앞에 나타나 먼저 문지방을 넘어버리지 뭡니까? 알고 보니 쥐는 소등에 몰래 업혀 왔다가 뛰어내린 것이었습니다. 그래서 쥐가 일등을 차지하고, 소는 이등이 되었습니다. 그 뒤를 이어 호랑이, 토끼, 용, 뱀, 말, 양, 원숭이, 닭, 개, 돼지가 차례로 들어왔습니다. 옥황상제는 이 열두 동물들에게 차례로 벼슬을 내려주었습니다.

이것이 열두 띠 신이 생긴 내력입니다. 사실 내력에 관해서는 이것 말고도 많은 이야기가 있지만, 어느 이야기에서나 쥐는 가장 앞자리를 차지합니다. 동물 중에서 쥐가 가장 똑똑해서일까요, 약삭빨라서일까요?

이런 이야기도 있습니다. 먼 옛날 미륵님이 세상을 만드실 때, 해와 달과 별을 만들고 나서 물과 불을 찾으려 하니 그 근본을 알 수 없었습니다. 미륵님은 온 세상 비밀을 다 알고 있다는 쥐를 불러 물었습니다. 쥐는 물의 근본은 소하산에 있고 불의 근본은 금정산에 있다는 것을 미륵님께 가르쳐 준 뒤, 그 대가로 온 세상 뒤주를 차지해도 좋다는 허락을 받았습니다.

쥐신은 보통 쥐의 얼굴과 사람의 몸뚱이로 그려지며, 다른 말로는 궁비라대장 또는 만월보살이라고도 합니다. 방위는 북쪽, 시각은 일 년 중 11월과 하루 중 밤 11시부터 이튿날 새벽 1시까지를 주관합니다.

소신(축신)

"나는야 소신, 열두 띠 신 중에서 둘째가는 신이라네. 나는야 부지런하고 참을성 많은 신, 땅속에서 묵묵히 봄을 기다리는 씨앗과도 같다네. 사람들아, 부지런히 일하고 착한 마음 가져라. 내 마음은 너그럽고 내 눈은 순하지만, 거스르면 아무도 나를 이기지 못하리니."

옛날에 어떤 게으름뱅이가 살았는데, 평생 일 안 하고 빈둥빈둥 놀며 사는 것이 소원이었습니다. 하루는 길을 가다가 쇠머리 탈을 만드는 노인을 만났습니다. 게으름뱅이는 쇠머리 탈을 쓰면 소원이 이루어진다는 말을 듣고 노인한테서 쇠머리 탈을 받아 썼습니다. 그랬더니 소가 돼 버렸습니다. 소가 된 게으름뱅이는 농부에게 팔려가 밤낮으로 일을 하느라 온갖 고생을 다 했습니다. 견디다 못한 게으름뱅이는 "무를 먹으면 죽는다."는 노인의 말을 떠올리고, "이렇게 사느니 죽는 게 낫다."면서 무를 뽑아 먹었습니다. 그랬더니 죽는 게 아니라 도로 사람이 됐습니다. 사람이 된

214

뒤로는 게으름을 안 피우고 잘 살았답니다.

이 이야기에서처럼 소는 언제나 부지런한 동물로 그려집니다. 사람이 잘못을 저지르고 나서 소가 되어 고생하는 이야기가 많은데, 이것은 소가 그만큼 일을 많이 하기 때문입니다. 가령 남의 논에서 벼이삭을 몰래 자른 사람이 주인집 소가 되어 삼 년 동안 일을 해주었다는 이야기도 있고, 밥 먹을 때마다 밥알을 함부로 흘린 스님이 부처님 명을 받고 소가 되어 삼 년을 고생했다는 이야기도 있습니다.

소는 옛날부터 복을 가져다 주는 동물로 여겨지기도 했습니다. 꿈에 소가 품에 들면 아들을 낳고, 소가 집안에 들면 부자가 된다는 말도 있지요. 불교에서는 소를 찾아 헤매는 사람의 이야기를 「십우도」라는 그림으로 나타내기도 하는데, 여기서 소는 깨달음 또는 진리를 상징하는 것입니다.

소신은 다른 말로 벌절라대장 또는 천수보살이라고도 합니다. 천수보살은 천 개의 손을 가진 신으로, 사람들의 잘못을 고쳐 주려고 소의 모습으로 세상에 내려온다고 합니다. 방위는 북북동, 시각은 일 년 중 12월과 하루 중 새벽 1시부터 3시까지를 주관합니다.

호랑이신(인신)

"나는야 호랑이신, 열두 띠 신 중에서 셋째 차례 신이라네. 나는야 잘잘못을 가려 주는 신, 착한 일 하면 상을 주고 나쁜 짓 하면 벌을 준다네. 사람들아, 나를 보고 놀라 도망가지 말아라. 이래 봬도 속마음은 봄볕처럼 따뜻하단다."

호랑이는 옛날부터 우리 겨레와는 떼려야 뗄 수 없을 만큼 가까운 동물입니다. 열두 띠 신 중에서는 셋째 자리를 차지하지만, 용맹스러움으로 말하면 뭇 짐승의 우두머리로서 모자람이 없지요. 호랑이는 옛이야기에도 자주 나오는데, 좋은 모습으로 그려지기도 하고 나쁜 모습으로 나타나기도 합니다.

호랑이가 이야기 속에 좋게 그려지는 경우는 대개 신령스러운 모습으로 나타나 사람들의 잘잘못을 가리는 구실을 합니다. 효자 효녀를 도와 귀한 물건을 구해 준다든지, 남을 도운 사람을 등에 태워 먼 곳에 데려다 준다든지 하는 것은 착한 일에 대한 보상입니다. 욕심쟁이나 탐관오리를 혼내 주는 건 나쁜 사람을 벌주는 일이지요. 호랑이는 사람에게 은혜를 입으면 잊지 않고 꼭 갚습니다. 호랑이 목에 걸린 뼈다귀를 빼 주고 귀한 선물을 받아 부자가 된다는 이야기는 아주 흔합니다.

호랑이는 이야기 속에서 더러 사납고 어리석은 모습으로 그려지기도 하는데, '해와 달이 된 오누이'나 '꼬리 빠진 호랑이' 같은 이야기가 그 좋은 보기입니다. 이때 호랑이는 사람이나 다른 동물을 잡아먹으려고 하다가 자기 욕심 때문에 끝내 망하고 맙니다. 이런 모습은 인간세상의 악인을 빗댄 것으로, 호랑이신의 본래 모습이라고 할 수는 없습니다.

호랑이신은 사람들을 위해 액을 물리치고 복을 불러옵니다. 특히 호랑이가 까치와 만나면 상서로움이 더욱 커집니다. 그래서 옛날 그림 속에 호랑이와 까치가 함께 나오는 장면은 드물지 않습니다.

호랑이신은 다른 말로 미기라대장 또는 대륜보살이라고도 합니다. 별나라를 다스리며 수레바퀴를 만드는 일을 하지요. 방위는 동북동, 시각은 일 년 중 1월과 하루 중 새벽 3시부터 5시까지를 주관합니다.

토끼신(묘신)

"나는야 토끼신, 열두 띠 신 중에서 넷째 차례 신이라네. 나는 야 착하고 정의로운 신, 약한 편을 도와 힘센 악당을 물리친다 네. 사람들아, 누구든지 억울한 일 있으면 나를 부르렴. 귀를 세워 듣고서 달려갈 테니."

토끼는 보통 조그마하고 귀여운 동물로 그려지지만, 토끼신은 결 코 약하기만 하지는 않습니다. 언제나 옳고 그름을 분명하게 따지 고 슬기롭게 어려움을 이겨내지요. 만일 약한 편이 힘센 편에게 부당하게 괴롭힘을 당하면 토끼신이 나서서 도와줍니다. 옛이야 기 중에도 사나운 호랑이가 자기를 구해 준 사람을 잡아먹으려 하 자 토끼가 꾀를 내어 사람을 도와준다는 이야기가 있습니다.

「토끼전」은 토끼의 이런 모습을 잘 나타내 주는 이야기입니다. 용왕이 병이 들어 토끼의 간을 구하려 하자, 용궁 신하들은 이 핑 계 저 핑계를 대며 몸을 사리다가 낮은 벼슬아치인 자라에게 일 을 미루었습니다. 울며 겨자 먹기로 뭍에 나간 자라는 속임수를 써서 토끼를 용궁에 데려갔지요. 용궁에 가서야 비로소 속은 것을 안 토끼는 자신을 지키기 위해 꾀를 써서 용궁을 빠져나옵니다. 하지만 헤어지기 전에 자라를 위해 용왕의 약을 구해 줍니다. 이 이야기에서 용왕과 신하들에 견주면, 토끼와 자라는 둘 다 약한 편으로 힘센 편에게 부당하게 억눌립니다. 다행히 토끼의 꾀는 두 약자의 위기를 한꺼번에 해결해 줍니다.

토끼는 본디 달과 가까운 사이입니다. 옛날부터 사람들은 근심 걱정 없이 평화롭고 넉넉하게 천 년 만 년 살 수 있는 곳으로 달나라를 꿈꾸어 왔습니다. 그 달나라를 지키는 신이 바로 토끼신입니다. 달나라 계수나무 아래에서 떡방아를 찧는 토끼의 모습은 우리 겨레가 오랫동안 마음속에 가꾸어 온 멋진 장면입니다.

토끼신은 다른 말로 안저라대장 또는 수월보살이라고도 합니다. 수월보살은 달에 빛의 물을 붓는 신으로서, 물에 비친 달을 진짜 달로 만들려고 하다가 옥황상제에게 들켜 인간세상으로 귀양을 왔습니다. 이때 토끼의 모습으로 내려왔기 때문에, 토끼신은 수월보살의 딴 모습이라는 것입니다. 방위는 동쪽, 시각은 일 년 중 2월과 하루 중 아침 5시부터 7시까지를 주관합니다.

용신(진신)

"나는야 용신, 열두 띠 신 중에서 다섯째 신이라네. 나는야 별별 조화를 다 부리는 신, 바람을 일으키고 비를 내린다네. 사람들아, 부디 지나친 욕심일랑 부리지 말라. 너무 많이 가진 것도 죄가 될지니."

용은 오랜 옛날부터 사람들의 섬김을 받아 온 상상 속의 동물입니다. 열두 띠 신의 모습으로 나타나는 열두 동물 중 오직 용만이 현실세계에 살지 않습니다. 용의 모습은 여러 가지로 그려지지만, 대개 몸뚱이가 길고 비늘로 덮여 있으며 입으로는 불을 뿜고 날카로운 발톱이 있다는 점에서는 같습니다.

　오늘이 신화에는 용이 되고자 하는 이무기 이야기가 나옵니다. 원천강을 찾아가던 오늘이가 청수바다에 이르자, 여의주 세 개를 가진 이무기가 말합니다. "남들은 여의주 한 개를 가지고도 잘만 용이 되던데, 나는 여의주 세 개를 가지고도 어째서 삼천 년이 지나도록 용이 못 되는가?" 오늘이는 그 의문을 풀어 주기로 하고,

220

이무기의 등에 올라 청수바다를 건너지요. 원천강에서 드디어 그 까닭을 알아낸 오늘이는 돌아가는 길에 이무기에게 말합니다. "여의주를 세 개나 가졌기 때문에 용이 못 되는 것입니다. 여의주 두 개를 버리고 나면 쉽게 용이 될 것입니다." 이무기는 그 말대로 하고, 곧 용이 되어 하늘로 올라갑니다.

여의주를 많이 가져서 용이 되는 것이 아니라, 바로 많이 가졌기 때문에 용이 못 된다고 하는 가르침은 놀라운 것입니다. 욕심이 지나쳐 무엇이든 지나치게 많이 가지면 누군가 적게 가져 고통 받는 이가 있게 마련이며, 그것이 곧 죄가 된다는 것이지요. 용신은 이러한 교훈을 스스로 깨우쳐 사람들에게 알려 줍니다.

옛날부터 용은 신성한 동물로 여겨졌기 때문에, 사람들은 용꿈을 꾸면 반드시 좋은 일이 생긴다고 믿었습니다. 또 용무늬는 거룩한 것으로 여겨져 임금만이 쓸 수 있었습니다.

용신은 다른 말로 안비라대장 또는 관세음보살이라고도 합니다. 방위는 동남동, 시각은 일 년 중 3월과 하루 중 아침 7시부터 9시까지를 주관합니다.

뱀신(사신)

"나는야 뱀신, 열두 띠 신 중에서 여섯째 신이라네. 나는야 지혜의 눈을 가진 신, 겉과 속을 가리는 건 내 몫이라네. 사람들아, 겉보기로 남을 판단하지 말라. 참된 모습은 결코 눈에 보이지 않는 법이니."

뱀은 생김새 때문에 사람들이 두려워하거나 미워하지만, 뱀신은 옛날부터 오히려 섬김의 대상이 되어 왔습니다. 크고 긴 뱀을 구렁이라고 하는데, 구렁이는 보통 집안의 재물을 지키는 업왕신으로 받들어졌습니다. 구렁이가 더 크면 이무기가 되고, 이무기가 때를 얻으면 용이 된다는 것은 널리 알려진 믿음입니다.

뱀은 허물을 벗는데, 이것은 새로운 모습으로 거듭나는 것을 뜻합니다. '구렁덩덩신선비' 이야기에서 주인공은 징그러운 구렁이 모습으로 태어나지만, 이웃집 셋째딸의 사랑 덕분에 결혼한 첫날밤에 허물을 벗고 인물이 훤한 새신랑으로 거듭납니다. 남들이 다 겉모습만 보고 구렁덩덩신선비를 비웃고 해코지할 때, 셋째딸만은 속내를 알아보고 눈물을 닦아 주었습니다. 이 이야기에서 구렁이의 허물은 세상의 편견을 뜻한다고 할 수 있습니다. 이 세상에는 겉보기에 천하고 하찮아 보이는 사람들이 있지만, 편견의 허물을 벗고 바라보면 그들도 어엿한 이 땅의 주인입니다.

뱀신은 종종 지혜의 눈을 가진 것으로 묘사됩니다. 옛이야기에서 뱀을 돌봐 주었다가 은혜를 입거나, 뱀이 인도해 준 대로 따라갔다가 복을 받는 것은 바로 이 때문입니다. 가끔 뱀이 독기를 머금은 모습으로 이야기 속에 나타나기도 하지만, 이는 무언가 한을 품었기 때문입니다.

이 경우 한이 풀리면 뱀은 아주 온순한 모습으로 돌아갑니다. 만약 뱀이 까닭 없이 사람을 해치거나 이간질하는 모습으로 나타난다면, 이는 십중팔구 우리 이야기가 아닌 서양 이야기의 영향을 받은 것입니다.

뱀신은 다른 말로 산저라대장 또는 관자재보살이라고도 합니다. 관자재보살은 지혜의 등불을 밝히는 신이지요. 방위는 남남동, 시각은 일 년 중 4월과 하루 중 오전 9시부터 11시까지를 주관합니다.

말신(오신)

"나는야 말신, 열두 띠 신 중에서 일곱째 신이라네. 나는야 구원의 신, 진정한 영웅을 태우고 달린다네. 사람들아, 세상살이 고달파도 참고 견뎌라. 언젠가는 정의가 이기는 세상이 오리니."

말은 그 어떤 동물보다 빨리 달립니다. 그런데도 왜 열두 띠 신 중에서 일곱째에 머물러 있을까요? 말은 자기 혼자 내닫기보다 남을 태우고 달리기를 더 좋아합니다. 하지만 아무나 태우지는 않지요. 세상을 구하는 영웅, 불의와 싸우는 영웅을 만나면 말은 기꺼이 그를 위해 달립니다. 말신이 일곱째가 된 것도 등에 태울 그 누군가를 기다리다가 뒤늦게 떠난 탓이 아닐까요?

 옛날 어느 곳에 아기장수가 태어났습니다. 부모는 아기 겨드랑이에 날개가 달린 것을 보고 장수인 줄 알고, 곧 맷돌로 눌러 죽일 작정을 했습니다. 왜냐하면 옛날에는 아기장수가 나면 나라에서 그 집안 식구를 모조리 죽였기 때문입니다. 장수는 세상을 구하기 위해 반드시 임금을 몰아낼 것이니, 후환을 없애기 위해 그

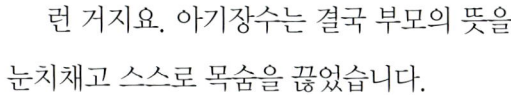

런 거지요. 아기장수는 결국 부모의 뜻을 눈치채고 스스로 목숨을 끊었습니다.

아기장수가 죽은 뒤 사흘 만에 어디선가 날개 달린 말이 나타났습니다. 말은 아기장수 집을 맴돌며 밤낮으로 슬피 울었습니다. 아무리 내쫓아도 가지 않고, 먹이를 주어도 먹지 않고, 그저 하늘을 쳐다보며 '이히힝 이히힝' 울기만 했습니다. 주인이 나타나기를 기다리는 것이었지요. 하지만 주인이 될 아기장수는 이미 이 세상 사람이 아니니 딱한 일입니다. 몇날 며칠을 그렇게 울부짖던 말은 끝내 그 자리에서 숨을 거두고 말았습니다.

이 이야기는 말이 어떻게 자신의 뜻을 펼치는지를 잘 보여 줍니다. 영웅을 등에 태운 뒤라야 비로소 말도 영웅이 될 수 있는 것입니다.

말신은 다른 말로 인달라대장 또는 여의륜보살이라고도 합니다. 여의륜보살은 여의주의 쓰임새를 가르쳐 주기 위해 인간세상에 말의 모습으로 내려온다고 합니다. 방위는 남쪽, 시각은 일 년 중 5월과 하루 중 오전 11시부터 오후 1시까지를 주관합니다.

양신(미신)

"나는야 열두 띠 신 중에서 여덟째 신이라네. 나는야 평화와 안식의 신, 무리에 복을 주고 어진 이를 돕는다네. 사람들아, 천지만물 중에 가장 귀한 것이 인간이니 부디 다투지 말고 서로를 귀히 여겨 길이 번성하여라."

양은 그 어떤 동물보다 온순하고 순박합니다. 양신 또한 아름다움과 상서로움을 상징합니다. 그래서 아들과 딸을 차별하는 풍습이 있던 옛날에도, 양띠 해만큼은 며느리가 딸을 낳아도 구박하지 않았다고 합니다. 또 양은 좀처럼 서로 다투는 일이 없기 때문에 순하고 어질고 착한 동물로, 무릎을 꿇고 젖을 먹기 때문에 부모의 은혜를 아는 동물로 여겨졌습니다.

불교에서 양신은 대세지보살의 화신으로 일컬어집니다. 옛날 아미타부처님은 대세지보살을 불러 온 우주만물을 살펴 잘못된 것을 고치라고 명하였습니다.

대제지보살은 곧 헤아릴 수 없이 많은 별나라를 돌아다니며 그 모습을 두루 살폈습니다. 곳곳마다 목숨 가진 것들이 어울려 사는데, 다 그럴 듯하여 큰 잘못은 없었습니다. 그러다가 인간세상에 와 보니 아주 딴판이었습니다. 인간세상에는 어느 곳보다도 많은 생물이 살고 있고, 어느 곳보다도 북적거렸고, 또 어느 곳보다도 잘못된 것이 많았습니다.

대제지보살은 돌아다니기를 그만두고 인간세상에 눌러앉아 잘못된 것을 하나하나 고치고 바로잡아 주었습니다. 그러나 잘못된 것이 워낙 많아 도저히 다 고칠 수가 없었습니다. 그래서 아직도 고치기를 계속하고 있는데, 이 대제지보살의 딴 모습이 바로 양신입니다. 양신이 인간세상을 떠나지 못하는 것은 고칠 것이 많아서이기도 하지만, 인간이야말로 천지만물 중에 가장 귀하다는 것을 알기 때문입니다. 모든 목숨 중에서 가장 귀한 인간이 고칠 것도 가장 많다는 이 이야기는 우리에게 많은 것을 생각하게 합니다.

양신은 다른 말로 파이라대장이라고도 합니다. 방위는 남남서, 시각은 일 년 중 6월과 하루 중 오후 1시부터 3시까지를 주관합니다.

원숭이신 (신신)

"나는야 열두 띠 신 중에서 아홉째 신이라네. 나는야 꾀 많고 재주 많은 신, 세상에 흉내내지 못할 것이 없다네. 사람들아, 슬프고 괴로울 땐 내 재주를 보고 웃으렴. 웃다 보면 힘도 나고 용기도 생길 터이니."

잘 알다시피 원숭이는 영리하고 재주를 잘 부리는 동물입니다. 원숭이신도 이러한 모습과 크게 다르지 않습니다. 특히 남의 흉내를 잘 내는데, 전해 오는 옛이야기에도 원숭이의 그런 모습이 잘 나타나 있습니다.

옛날 옛적에 욕심쟁이 형과 착한 아우가 살았습니다. 아우는 홀어머니를 모시고 가난하게 살았는데, 어느 해 섣달 그믐날 산에 나무를 하러 갔더니 눈이 펄펄 내렸습니다. 그걸 보고 아우는 혼잣말을 했습니다. "설 눈은 쌓이고 설 밥은 없고, 늙으신 우리 어머니는 어찌할꼬?" 그러자 어디선가 똑같이 흉내내는 소리가 들려왔습니다. "설 눈은 쌓이고 설 밥은 없고, 늙으신 우리 어머니는 어찌할꼬?" 몇 번을 말해도 똑같은 소리가 들리자, 아우는 소리나는 쪽으로 가 보았습니다. 거기에는 조그마한 원숭이 한 마리가 있었지요. 아우는 원숭이를 데리고 집으로 돌아왔습니다. 그 소문이 퍼지자 사방팔방에서 사람들이 흉내내는 원숭이를 보러 구름처럼 모여들었고, 아우는 그 사람들이 준 돈으로 부자가 되었습니다.

형이 소식을 듣고 아우를 찾아와 원숭이를 빼앗아 갔습니다. 하지만 원숭이는 흉내를 내지 않았고, 화가 난 형은 원숭이를 내던져 죽게 만들었습니다. 아우는 죽은 원숭이를 데려다가 뒤뜰에 고이 묻어 주었습니다. 얼마 안 있어 원숭이 무덤에서 파란 싹이 돋아나더니, 곧 쑥쑥 자라서 큰 대나무가 되었습니다. 그 대나무에서 날마다 쌀이 나와서, 아우는 더 큰 부자가 되어 잘 살았답니다.

원숭이신은 다른 말로 마후라대장 또는 십일면보살이라고도 합니다. 십일면보살은 얼굴이 열한 개인데, 그 모습이 각각 다릅니다. 인간 세상 하고많은 사람들을 다 상대할 수 있도록, 부처님이 열한 개의 얼굴을 마련해 준 덕분이라고 합니다. 방위는 서남서, 시각은 일 년 중 7월과 하루 중 오후 3시부터 5시까지를 주관합니다.

닭신 (유신)

"나는야 열두 띠 신 중에서 열 번째 신이라네. 나는야 상서로운 신통력을 지닌 신, 캄캄한 어둠을 쫓고 밝은 빛을 부른다네. 사람들아, 내가 울면 곧 날이 밝으리니 두려움에 떨지 말고 문을 열어라."

옛날부터 닭은 어둠을 쫓는 동물로 알려져 왔습니다. 새벽이 되면 수탉이 울고, 그러면 곧 어김없이 날이 밝기 때문이지요. 캄캄한 밤중에 활동하던 귀신들도 닭 울음소리가 들리면 곧 자취를 감추었습니다. 그래서 옛날 사람들은 닭을 상서로운 동물로 여기고 떠받들었습니다.

닭은 다섯 가지 덕을 가지고 있는 것으로 알려져 왔습니다. 즉 붉은 볏은 글재주를, 날카로운 발톱은 힘을, 힘찬 날갯짓은 용감함을, 먹이를 보고 무리를 부름은 어짊을, 때를 맞추어 우는 것은 믿음을 나타낸다는 것이지요. 이래저래 닭은 사람들 삶 속에 좋은 친구 같은 모습으로 남게 되었습니다.

230

닭은 옛이야기에도 흔히 나오는 동물입니다. 사슴을 살려 주고 선녀와 결혼한 나무꾼은, 아이 셋을 낳을 때까지 날개옷을 내주지 말라는 사슴 말을 어겼다가 선녀와 헤어지게 되었습니다. 나무꾼은 사슴의 도움으로 두레박을 타고 하늘로 올라가 선녀를 다시 만났지만, 나중에 어머니가 보고 싶어 다시 땅으로 내려왔습니다. 이때 나무꾼은 날개 달린 용마를 타고 내려왔는데, 뜨거운 죽을 등에 쏟는 바람에 말이 놀라 주인을 떨어뜨리고 혼자서 하늘로 올라가 버렸습니다. 땅에 남은 나무꾼은 날마다 하늘을 쳐다보고 울다가 끝내 수탉이 되었지요.

닭신은 다른 말로 진달라대장 또는 군다라보살이라고도 합니다. 진달라대장은 나쁜 벼슬아치로부터 백성을 구해 주는 신장입니다. 또 군다라보살은 악마를 무찌르고 착한 이를 지키는 용감한 군신입니다. 그 옛날 군다라보살이 악마로부터 인간세상을 지켰는데, 하루는 깜빡 조는 사이에 악마들이 인간세상에 들이닥쳐 사람들에게 나쁜 마음을 심어 주었습니다. 그 때문에 군다라보살은 닭신으로 변하여 인간세상에 내려와 악마들을 찾아다닌다고 합니다. 방위는 서쪽, 시각은 일 년 중 8월과 하루 중 오후 5시부터 7시까지를 주관합니다.

개신(술신)

"나는야 열두 띠 신 중에서 열한 번째 신이라네. 나는야 충성스럽고 의리 있는 신, 한 번 먹은 마음은 천지가 무너져도 변치 않는다네. 사람들아, 눈앞의 이익에 따라 흔들리지 말아라. 이로움은 뜬구름과 같지만, 의로움은 태양과 같으니."

개는 옛날부터 충성스러운 동물로 알려져 왔습니다. 개의 의리를 다룬 옛이야기는 매우 많습니다. '오수의 개' 이야기는 그 중 하나입니다. 어느 날 주인이 길가에서 술에 취해 잠들자 개는 충직하게 그 곁을 지켰습니다. 그러다가 갑자기 잔디밭에 불이 나 주인이 불에 탈 위험에 빠졌습니다. 개는 개울과 잔디밭을 오가며 온몸에 물을 묻혀 불을 끄고, 기어이 주인을 살린 다음에 숨을 거두었습니다.

개는 조상의 화신으로도 알려져 왔습니다. 옛날 어느 곳에 홀어머니가 살았는데, 아들딸 키우며 사느라고 평생 고생만 하다가 죽었습니다. 집안에 들어앉아 일만 하고 세상구경이라고는 아무 것도 못 한 탓에, 염라대왕이 불쌍히 여겨 다시 이승에 돌려보냈습니다. 하지만 사람으로 환생시키면 또 죽도록 일만 할까봐 개로 만들어 보냈습니다. 개가 된 어머니는 자식을 찾아갔지만, 자식은 알아보지 못하고 작대기로 때리며 쫓아냈습니다. 어머니는 하릴없이 자식 꿈에 나타나 자신의 본모습을 알렸고, 뒤늦게 사실을 안 자식은 개가 된 어머니를 안고 온 세상을 돌아다니며 구경을 시켜 드렸지요.

신화에서는 종종 개가 저승과 이승을 이어주는 길잡이 구실을 합니다. 저승에 들었다가 이승으로 돌아오는 사람은 한결같이 개를 따라가며 길을 찾지요. 이와 같이 충실하고 든든한 개의 모습은 개신에게도 그대로 나타납니다.

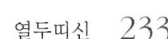

개신은 다른 말로 초두라대장 또는 정취보살이라고도 합니다. 정취보살은 노래와 춤을 즐기는 신으로서, 흥겨움에 빠져 맡은 일을 게을리 하므로 부처님의 노여움을 사 인간세상에 개의 모습으로 귀양왔다고 합니다. 방위는 서북서, 시각은 일 년 중 9월과 하루 중 오후 7시부터 9시까지를 주관합니다.

돼지신(해신)

"나는야 열두 띠 신 중에서 마지막 신이라네. 나는야 행운의 신, 가난한 이에게는 재물을, 불행한 이에게는 복을 가져다 준다네. 사람들아, 오늘밤 잠이 들거든 부디 내 꿈을 꾸어라. 반드시 복이 덩굴째 굴러들 것이니."

돼지꿈을 꾸면 행운이 온다는 말은 누구나 들어 봤을 것입니다. 이것은 돼지신이 재물과 복을 주관하기 때문이지요.

돼지는 신통력을 지닌 동물로 묘사되기도 합니다. 옛날 고려 태조 왕건의 할아버지 작제건이 용왕을 도와주고 그 보답으로 용녀와 결혼하였는데, 이때 선물로 돼지를 얻었습니다. 이 돼지가 이끄는 곳으로 따라가 봤더니, 바로 송악산 기슭이었습니다. 작제건은 돼지가 정해 준 터에 집을 짓고 살았는데, 여기서 낳은 자식들이 나중에 크게 번창했다고 합니다. 이때도 돼지는 행운의 자리로 사람을 이끄는 구실을 하지요.

이런 이야기도 있습니다. 옛날 어느 곳에 가난한 농사꾼이 살았는데, 하루는 낯선 돼지 한 **마리**가 집안으로 들어왔습니다. 집주인은 돼지를 거두어 잘 키웠습니다. 그런데 그 집에 오는 손님들은 아무도 돼지가 있는 줄 몰랐습니다. 알고 보니 그 돼지는 다른 사람의 눈에는 안 보이고, 집주인 눈에만 뜨이는 것이었습니다.

십 년이 지나자 그 집은 천석꾼 부자가 됐는데, 그 동안 돼지도 새끼를 많이 쳤습니다. 하루는 돼지가 새끼들을 데리고 집을 나가버리기에 탄식을 했더니, 잠시 뒤에 사냥꾼들을 몰고 다시 집으로 들어왔습니다. 마침 그날 밤 도적 떼가 들었는데, 사냥꾼들 도움으로 그들을 물리치고 재산을 지킬 수 있었답니다. 이때도 돼지는 복을 불러오고 재물을 지키는 동물로 그려져 있습니다.

돼지신은 다른 말로 비갈라대장이라고도 하며, 불교에서는 부처님의 화신으로 여겨집니다. 옛날 아미타 부처님이 사람 사는 모습을 살펴보기 위해 몸소 인간세상에 내려왔는데, 이때 돼지신으로 화했다는 것입니다. 방위는 북서북, 시각은 일 년 중 10월과 하루 중 밤 9시부터 11시까지를 주관합니다.

| 도판 자료 출처 |

오방대제와 한국의 신
http://obang.culturecontent.com/
4, 6, 7, 8, 9, 10(오늘이, 할락궁이, 바리데
기, 배경 제외), 11(문도령, 자청비, 정수남,
노가단풍자지명왕, 배경 제외), 14(중앙황
제신장 제외), 16, 17, 19, 21, 23, 25, 26,
29, 31, 33, 35, 37, 39, 41, 42, 45, 47,
49, 51, 58, 59(오른쪽), 61, 65, 67, 73,
75, 76, 77(바리데기, 바리공덕 제외), 78,
79, 81, 82, 83, 84, 85, 86, 87, 89, 90,
91, 92, 93, 95, 97, 99, 101, 103, 110(문
도령, 자청비, 정수남 제외), 113, 115,
117, 119, 120, 123, 125, 127, 129, 131,
133, 135, 137, 139, 164(왕장군 제외),
165(중앙황제 제외), 167, 169, 171, 173,
175, 177, 179, 181, 182, 183(중앙황제
제외), 185, 188(삼신2 제외), 189(조왕신,
마부왕, 안당신), 191, 193, 194, 197,
203, 209, 210, 211, 213, 215, 217, 219,
221, 223, 225, 226, 229, 231, 233, 235

새롭게 펼쳐지는 신화의 나라
http://koreamyth.culturecontent.com/
10(오늘이, 할락궁이, 바리데기, 배경),
11(문도령, 자청비, 정수남, 노가단풍자지
명왕, 배경), 12, 13(용신당 제외), 59(왼
쪽, 가운데), 69, 71, 77(바리데기, 바리
공덕), 105, 107, 110(문도령, 자청비, 정
수남), 111(노가단풍자지명왕), 141, 143,
145, 147

건국설화 이야기
http://sulhwa.culturecontent.com/
52, 53, 54

저승세계
http://koreaunderworld.culturecontent.com/
108(임종 제외), 109(육도 제외)

바다문화의 원형 당제
http://dangje.culturecontent.com/
13(용신당)

『민족문화대백과사전』
56, 57(아래)

강귀영
14(중앙황제신장), 63, 111(노가단풍자지
명왕 제외), 149, 151, 153, 155, 157,
159, 161, 163, 164(왕장군), 165(중앙황
제), 183(중앙황제), 187, 188(삼신2),
189(조왕신, 마부왕, 안당신 제외), 195,
199, 200, 205, 207

김예진
57(위)

소구리 문화지도
http://www.soguri.com/
55(위)

문화원형 창작소재 활용가이드북

(주)현암사는 한국문화콘텐츠진흥원과 손잡고 문화원형 창작소재 활용가이드북을 출간합니다. 이 시리즈는 한국문화콘텐츠진흥원이 구축한 문화원형 디지털콘텐츠 사이트를 기반으로 다음과 같은 사항을 염두에 두고 만들었습니다.

– 우리 문화원형에 대한 독자의 관심 증대
– 단순한 편집에서 벗어난 생생하고 입체적인 구성
– 온라인의 문화원형콘텐츠를 쉽게 접하고 이해할 수 있는 계기 마련
– 창작소재로서의 문화원형콘텐츠 가치 제고

문화원형 디지털콘텐츠 사이트는 원천자료인 2D 이미지, 원천자료를 기반으로 만들어진 3D 모델, 이해를 돕기 위해 만들어진 각종 일러스트와 플래시 애니메이션 등으로 구성되어 있습니다. 수많은 자료 중 각 권의 주제와 관련된 자료를 모아 정리한 후 부족한 부분을 보완하며 유기적으로 구성했습니다. 특히 디지털로 만들어진 콘텐츠를 책으로 옮기는 과정에서 기존 디지털콘텐츠의 장점을 살리면서 인쇄 매체에 효과적으로 어울리도록 초점을 맞추었습니다.

아무쪼록 독자 여러분이 문화원형콘텐츠에 대한 관심을 넓히는 데 이 책이 디딤돌의 역할을 했으면 하는 바람입니다.

『우리 신 이야기』에 사용한 주요 문화원형콘텐츠

오방대제와 한국의 신 obang.culturecontent.com

한국의 신 일러스트 이미지

새롭게 펼쳐지는 신화의 나라 koreamyth.culturecontent.com

신들의 세계 일러스트 이미지

건국설화 이야기 sulhwa.culturecontent.com

건국신화 유적 사진

저승세계 koreaunderworld.culturecontent.com

저승세계 일러스트 이미지

바다문화의 원형 당제 dangje.culturecontent.com

신화 관련 유적 사진

문화원형 디지털콘텐츠 사이트 안내

전통 문화의 여러 테마를 디지털로 재구성한 문화원형 디지털콘텐츠를 한국문화콘텐츠진흥원의 문화콘텐츠닷컴(www.culturecontent.com)에서 만나볼 수 있습니다.

| 신화, 전설, 민담, 역사, 문학 등의 이야기형 소재 |

게임/만화/애니메이션 및 아동 출판물 창작소재로서의 암행어사 기록 복원 및 컨텐츠 제작
  amhang.culturecontent.com
고대국가의 건국설화 이야기
  sulhwa.culturecontent.com
고대에서 조선시대까지, "정변(政變)" 관련 문화콘텐츠 창작소재화 개발
  jeongbyeon.culturecontent.com
고려사(高麗史)에 등장하는 인물유형의 디지털콘텐츠화
  goryeo.culturecontent.com
고려인의 러시아 140년 이주 개척사를 소재로 한 문화원형 디지털콘텐츠 개발
  kosa.culturecontent.com
구전신화의 공간체계를 재구성한 판타지콘텐츠의 원소스 개발
  koreamyth.culturecontent.com
국가문화상징 무궁화의 원형자료 체계화와 문화콘텐츠 개발
  mugung.culturecontent.com
근대 기생의 문화와 예술에 대한 디지털콘텐츠화
  kisaeng.culturecontent.com
근대 대중문화지에 실린 '야담'을 통한 시나리오 창작소재의 개발
  yadam.culturecontent.com
근대 토론문화의 원형인 독립신문과 만민공동회의 복원
  independent.culuturecontent.com
문화산업 창작소재로서의 신라화랑 콘텐츠 개발
  hwarang.culturecontent.com
민족의 영산 백두산 문화상징 디지털콘텐츠 개발
  backdoo.culturecontent.com
바다 속 상상세계의 원형 콘텐츠 기획
  dragonpalace.culturecontent.com
불교설화를 통한 시나리오 창작소재 및 시각자료 개발
  buda.culturecontent.com
「삼국사기(三國史記)」 소재 역사인물 문화콘텐츠 개발
  samguksagi.culturecontent.com
〈삼국유사〉 민간설화의 창작공연 및 디지털콘텐츠화 사업(연오랑과 세오녀)
  yor.culturecontent.com
삼별초 문화원형에 기반한 디지털콘텐츠 개발
  jejukipa.culturecontent.com

서사무가 "바리공주"의 하이퍼텍스트 만들기 및 그 샘플링 개발
bahrie.culturecontent.com

신화의 섬, 디지털제주 21 : 제주도 신화 전설을 소재로 한 디지털콘텐츠 개발
jeju.culturecontent.com

어린이 문화 콘텐츠의 창작 소재화를 위한 전래동요의 디지털콘텐츠 개발
kidssong.culturecontent.com

오방대제와 한국 신들의 원형 및 인물 유형 콘텐츠 개발
obang.culturecontent.com

우리 성(性)신앙의 역사와 유형, 실체를 찾아서
edumr.culturecontent.com

우리 역사 최초의 여왕, 선덕여왕의 드라마 중심 스토리 개발
seondeok.culturecontent.com

우리 장승의 디지털콘텐츠 개발
jangseung.culturecontent.com

우리 저승세계에 대한 문화콘텐츠 개발
koreaunderworld.culturecontent.com

조선 후기 여항문화(閭巷文化)의 디지털콘텐츠 개발
yeohang.culturecontent.com

조선시대 검안기록을 재구성한 수사기록물 문화콘텐츠 개발
egurman.culturecontent.com

조선시대 기녀 문화의 디지털컨텐츠 개발
ginyeo.culturecontent.com

조선시대 대하소설을 통한 시나리오 창작소재 및 시각자료 개발
story.culturecontent.com

조선시대 유배(流配)문화의 디지털콘텐츠화
exile.culturecontent.com

조선시대 유산기(遊山記) 디지털콘텐츠 개발
yusan.culturecontent.com

조선시대 탐라순력도의 디지털 콘텐츠 개발
virtualjeju.culturecontent.com

조선왕조 아동교육 문화원형의 디지털콘텐츠화
edu.culturecontent.com

조선의 궁중 여성에 대한 디지털콘텐츠 개발
female.culturecontent.com

죽음의 전통의례와 상징세계의 디지털콘텐츠 개발
jangrye.culturecontent.com

중국 문화원형에 기반한 문화콘텐츠 창작소재 개발지원
chinastory.culturecontent.com

지역별 현지조사를 통한 한국 정령 연구를 통한 극장용 장편 애니메이션 제작
doraefountain.culturecontent.com

천년고택 시나락
ssinarack.culturecontent.com

"천년불탑의 신비와 일어서지 못하는 와불의 한" 운주사 스토리 뱅크
unjusa.culturecontent.com

천하명산 금강산 관련 문화원형 디지털콘텐츠 개발
gumgang.culturecontent.com
토정비결에 나타난 한국인의 전통서민 생활규범 문화원형을 시각 콘텐츠로 구현
tj.culturecontent.com
표해록을 통한 시나리오 창작 소재 및 캐릭터 개발
pyohaerok.culturecontent.com
한국 근대 여성교육과 신여성 문화의 디지털콘텐츠개발
newwoman.culturecontent.com
한국 도깨비 캐릭터 이미지 콘텐츠 개발과 시나리오 제재 유형 개발
dokkaebi.culturecontent.com
한국 무속 굿의 디지털콘텐츠 개발
good.culturecontent.com
한국 승려의 생활문화 디지털콘텐츠화
buddhist.culturecontent.com
한국 인귀설화의 원형 콘텐츠개발
koreaghost.culturecontent.com
한국 호랑이 디지털콘텐츠 개발
koreantiger.culturecontent.com
한국사에 등장하는 첩보활동 관련 문화콘텐츠 소재개발
spy.culturecontent.com
한국설화의 인물유형분석을 통한 콘텐츠 개발
koreastory.culturecontent.com
한국신화 원형의 개발
myth.culturecontent.com
한국적 감성에 기반한 이야기 문화원형 디지털콘텐츠화
koreanemotions.culturecontent.com

| 회화, 서예, 복식, 문양, 음악, 춤 등의 예술형 소재 |

게임제작을 위한 문화원형 감로탱의 디지털 가공
gamroteng.culturecontent.com
고구려 고분벽화의 디지털콘텐츠개발
koguryo.culturecontent.com
고려시대 전통복식 문화원형 디자인개발 및 3D제작을 통한 디지털 복원
koryo.culturecontent.com
고문서 및 전통문양의 디지털 폰트 개발
font.culturecontent.com
국악기 음원과 표준 인터페이스를 기초로 한 한국형 시퀀싱 프로그램 개발
koreasound.culturecontent.com
국악대중화를 위한 정간보(井間譜) 디지털폰트 제작과 악보저작도구 개발
jungganbo.culturecontent.com

국악선율의 원형을 이용한 멀티 서라운드 주제곡 및 배경음악 개발
km.culturecontent.com
국악장단 디지털콘텐츠화 개발
jangdan.culturecontent.com
궁중문양의 디지털콘텐츠 개발
royalpattern.culturecontent.com
만봉스님 단청문양의 디지털화를 통한 산업적 활용방안 연구개발
www.danchungmoonyang.com
무형문화재로 지정된 한국의춤 디지털콘텐츠 개발
koreadance.culturecontent.com
문화원형관련 동물아이콘 체계 구축 및 고유복식 착장 의인화(擬人化) 소스 개발
iconzoo.culturecontent.com
문화원형관련 복식디지털콘텐츠 개발
costumekorea.culturecontent.com
백두대간의 전통음악 원형지도 개발
bdmusic.culturecontent.com
범종을 중심으로 한 불전사물의 디지털콘텐츠 개발과 산업적 활용
sansa.culturecontent.com
부적의 디지털콘텐츠화 개발
amulet.culturecontent.com
아리랑 민요의 가사와 악보 채집 및 교육자료 활용을 위한 디지털콘텐츠 개발
arirang.culturecontent.com
악학궤범을 중심으로 한 조선시대 공연문화 콘텐츠 개발
d-joseon.culturecontent.com
암각화와 고분벽화 이미지의 재해석에 의한 캐릭터 데이터 베이스 작업 및 창작 애니메이션 제작
rock.culturecontent.com
우리 음악의 원형 산조 이야기
kukak.culturecontent.com
잃어버린 백제 문화를 찾아서(백제금동대향로에 나타난 백제인의 문화와 백제 기악탈 복원)
baekjehyangno.culturecontent.com
전통 자수문양 디지털콘텐츠개발
jasu.culturecontent.com
전통놀이와 춤에서 가장(假裝)하여 등장하는 인물의 콘텐츠 개발
dance.culturecontent.com
전통민화의 디지털화 및 원형 소재 콘텐츠개발
www.digitalminhwa.com
전통음악 음성원형 DB구축 및 디지털콘텐츠웨어 기획개발
pansori.culturecontent.com
조선시대 최고의 문화예술 기획자 효명세자와 〈춘앵전〉의 재발견
spring.culturecontent.com
조선왕실축제의 상징이미지 디자인 및 전통색채 디지털콘텐츠 개발
www.ewhacolordesign.com
종묘제례악의 디지털콘텐츠화
jongmyojeryeak.culturecontent.com

중요무형문화재 제13호 강릉단오제 문화원형 디지털콘텐츠 개발
  danoje.culturecontent.com
최승희 문화 원형 콘텐츠 개발
  choisunghee.culturecontent.com
탈의 다차원적 접근을 통한 인물유형 캐릭터 개발
  koreamask.culturecontent.com
한국 고서의 능화문(菱花紋) 및 장정(裝幀)의 디지털콘텐츠화
  bookart.culturecontent.com
한국 근대의 음악원형 디지털콘텐츠 개발
  music.culturecontent.com
한국 대표 이미지로서 국보 하회탈의 문화원형 콘텐츠 구축
  hahoemasks.culturecontent.com
한국 미술에 나타난 길상 이미지 콘텐츠 개발
  gilsang.culturecontent.com
한국불교 목공예의 정수 〈수미단〉의 창작소재 개발
  sumidan.culturecontent.com
한국 불화(탱화)에 등장하는 인물캐릭터 소재 개발
  teng.culturecontent.com
한국 전통 머리모양새와 치레거리의 디지털콘텐츠 개발
  hair.culturecontent.com
한국 풍속화의 문화원형 디지털콘텐츠 개발
  nanopic.culturecontent.com
한국의 소리은행 개발 - 전통문화 소재, 한국의 소리
  www.soundroot.com
한국의 전통 장신구 - 산업적 활용을 위한 라이브러리 개발
  ornamemt.culturecontent.com
한국 전통 문화공간인 정원과 정자의 창작소재화 개발
  koreaoldgarden.culturecontent.com
한국전통팔경의 디지털화 및 원형소재 콘텐츠 개발
  land.culturecontent.com
현대 한국 대표 서예가의 한글 서체를 컴퓨터 글자체로 개발
  sejongfont.culturecontent.com
흙의 미학, 빛과 소리 - 경기도자 문화원형의 디지털콘텐츠 개발
  g-ceramic.culturecontent.com

| 전투, 놀이, 외교, 교역 등의 경영 및 전략형 소재 |

고구려 백제의 실크로드 개척사 및 실크로드 관련 전투양식, 무기류, 건축, 복식 디지털 복원
  www.digitalsilkroad.com
고려 '팔관회'의 국제박람회 요소를 소재로 한 디지털콘텐츠 개발
  pgh.culturecontent.com

근대적 유통경제의 원형을 찾아서
  economy.culturecotent.com
근대 초기 한국문화의 변화양상에 대한 디지털콘텐츠 개발
  modernculture.culturecontent.com
기산풍속도(箕山風俗圖)를 활용한 19세기 조선의 민중생활상 재현
  kisan.culturecontent.com
맨손무예 택견의 디지털콘텐츠화
  taekkyon.cultuercontent.com
발해의 영역 확장과 말갈 지배 관련 디지털콘텐츠 개발
  skkucult.culturecontent.com
온라인 RPG 게임을 위한 한국 전통 무기 및 몬스터 원천 소스 개발
  www.koreanmonsters.com
우리 문화 흔적들의 연구를 통한 조선통신사의 완벽 복원
  tongsinsa.culturecontent.com
유랑예인집단 남사당 문화의 디지털콘텐츠화 사업
  namsadang.culturecontent.com
전통놀이 원형의 디지털콘텐츠 제작
  www.koreangame.net
조선시대 국왕경호체제 및 궁궐과 도성방위체제에 관한 디지털콘텐츠 개발
  king.culturecontent.com
조선시대 수영의 디지털 복원 및 수군의 군영사 콘텐츠 개발
  navalbase.culturecontent.com
조선시대 암호(暗號)방식의 신호전달체계 디지털콘텐츠복원(兵將圖說, 兵學指南演義의 신호체계, 신호연, 봉수를 중심으로)
  chosunpass.culturecontent.com
조선왕조 궁중통과의례 문화원형의 디지털 복원
  palace.culturecontent.com
조선후기 상인(商人) 활동에 나타난 "한국상업사 문화원형"의 시각콘텐츠 구현
  market.culturecontent.com
줄타기 원형의 창작소재 콘텐츠화 사업
  jultagi.culturecontent.com
진법 자료의 해석 및 재구성을 통한 조선시대 전투전술교본의 시각적 재현
  jin.culturecontent.com
초·중등학생 역사교육 강화를 위한 초·중등 학생용 '재미있는 역사 교과서' 교재 개발(재미있는 디지털 한국사 이야기 I, II) – 한국 궁술의 원형 복원을 위한 디지털콘텐츠 개발
  archery.culturecontent.com
한국무예의 원형 및 무과시험 복원을 통한 디지털콘텐츠 개발
  yjc.culturecontent.com
한국 바다문화축제의 뿌리, '당제(堂祭)'의 문화콘텐츠화
  dangje.culturecontent.com
한국사에 등장하는 '역관'의 외교 및 무역활동에 관한 창작 시나리오 개발
  yukgwan.culturecontent.com
한국 전통무예 택견의 미완성 별거리 8마당 복원을 통한 디지털콘텐츠 개발 및 상품화 사업
  taekyun.culturecontent.com

한민족 전투원형 콘텐츠 개발
battle.culturecontent.com

| 건축, 지도, 농사, 어로, 음식, 의학 등의 기술형 소재 |

대동여지도와 대동지지의 3D 디지털 아카이브 개발
daedong.culturecontent.com
독도 역사 문화 환경의 디지털콘텐츠 개발
dokdo.culturecontent.com
사이버 전통 한옥마을 세트 개발
yetzip.culturecontent.com
사찰건축 디지털 세트 개발
jeolzip.culturecontent.com
서울의 근대공간 복원 디지털콘텐츠 개발
modernseoul.culturecontent.com
선사에서 조선까지 해상 선박과 항로, 해전의 원형 디지털 복원
koreanship.culturecontent.com
세계의 와인문화 디지털콘텐츠화
wine.culturecontent.com
앙코르와트의 디지털콘텐츠화
angkorwat.culturecontent.com
애니메이션 요소별 배경을 위한 전통건축물 구성요소 라이브러리 개발
goarch.culturecontent.com
옛길 문화의 원형복원 콘텐츠개발
oldroad.culturecontent.com
옛 의서(醫書)를 기반으로 한 한의학 및 한국 고유의 한약재 디지털콘텐츠화
herb.culturecontent.com
우리의 전통다리 건축 라이브러리 개발 및 3D디지털콘텐츠 개발
nexpop.culturecontent.com
전통 수렵(사냥) 방법과 도구의 디지털콘텐츠 개발
sanyang.culturecontent.com
전통시대 수상교통 - 뱃길(水上路) 문화원형 콘텐츠 개발
waterway.culturecontent.com
전통 어로방법과 어로도구의 디지털콘텐츠화
efishing.culturecontent.com
전통 한선(韓船) 라이브러리 개발 및 3D 제작을 통한 디지털 복원
hansun.culturecontent.com
조선시대 궁궐조경의 디지털 원형 복원을 통한 전통문화 콘텐츠 리소스 개발
ecdg.culturecontent.com
조선시대 궁중기술자가 만든 세계적인 과학문화유산의 디지털 원형복원 및 원리이해 콘텐츠개발
cheonmun.culturecontent.com

조선시대 조리서에 나타난 식문화원형 콘텐츠 개발
    joseonfood.culturecontent.com
조선시대 흠휼전칙(欽恤典則)에 의한 形具 복원과 刑 執行 事例의 디지털콘텐츠 개발
    hyunggu.culturecontent.com
조선후기 궁궐 의례와 공간 콘텐츠 개발
    digitalpalace.culturecontent.com
조선후기 사가(私家)의 전통가례(傳統嘉禮)와 가례음식(嘉禮飮食) 문화 원형 복원
    jilsiru.culturecontent.com
조선후기 한양도성의 복원을 통한 디지털 생활사 콘텐츠 개발
    digitalhanyang.culturecontent.com
풍수지리 콘텐츠개발
    fengshui.culturecontent.com
한강을 중심으로 하는 생활문화 콘텐츠 개발
    hanriver.culturecontent.com
한국 산성 원형의 디지털콘텐츠 개발
    sansung.culturecontent.com
한국석탑의 문화원형을 이용한 디지털콘텐츠 개발
    pagoda.culturecontent.com
한국 술문화의 디지털콘텐츠화 – 고대부터 근대까지의 한국 전통주를 중심으로
    koreanliquor.culturecontent.com
한국의 고인돌 문화 콘텐츠 개발
    goindol.culturecontent.com
한국의 24절기(節氣)를 이용한 디지털콘텐츠 개발
    solarterms.culturecontent.com
한국인 얼굴 유형의 디지털콘텐츠개발
    koreanface.culturecontent.com
한국전통가구의 디지털콘텐츠 개발 및 산업적 활용방안 연구
    gagu.culturecontent.com
한국 전통건축, 그 안에 있는 장소들의 특성에 관한 콘텐츠 개발
    korealike.culturecontent.com
한국 전통 도량형의 디지털콘텐츠화
    pyojun.culturecontent.com
한국전통목조건축 부재별 조합에 따른 3차원 디지털콘텐츠 개발
    mokjo.culturecontent.com
한국 전통 일간과 철제연장 사용의 디지털콘텐츠 개발 – 금속생활공예품 제작을 중심으로
    metal.culturecontent.com
한국천문, 우리 하늘 우리 별자리 디지털 문화콘텐츠 개발
    cosmos.culturecotent.com
화성의궤 이야기
    hwaseong.culturecontent.com